除了你，世界与我无关

贾九峰 著

百花洲文艺出版社
BAIHUAZHOU LITERATURE AND ART PRESS

图书在版编目（CIP）数据

除了你，世界与我无关 / 贾九峰著 . -- 南昌 : 百花洲文艺出版社，2018.12
ISBN 978-7-5500-3082-4

Ⅰ . ①除… Ⅱ . ①贾… Ⅲ . ①短篇小说 - 小说集 - 中国 - 当代 Ⅳ . ① I247.7

中国版本图书馆 CIP 数据核字（2018）第 243484 号

除了你，世界与我无关
贾九峰 著

出 版 人	姚雪雪
责任编辑	郝玮刚
封面设计	MM末末美书
出版发行	百花洲文艺出版社
社　　址	南昌市红谷滩新区世贸路 898 号博能中心 A 座 20 楼
邮　　编	330038
经　　销	全国新华书店
印　　刷	河南瑞之光印刷股份有限公司
开　　本	890mm × 1240mm　1/32
印　　张	8
版　　次	2019 年 1 月第 1 版第 1 次印刷
字　　数	158 千字
书　　号	ISBN 978-7-5500-3082-4
定　　价	36.00 元

赣版权登字：05-2018-441

网址　http://www.bhzwy.com
图书若有印装错误，影响阅读，可向承印厂联系调换。

序言

有的人心里，藏着一个人。当他决定藏好这个人的时候，今生今世，他们就不会再见了。就算是人见了，心也不会见。两个人面对面站着，看上去好端端的，其实两颗心分明是在油锅里煎。

有的人心里，藏着一句话。他总希望等到最好的时候说，只是年龄越大，经的事越多，越没有说的勇气。一来二去，人就老了。拼尽最后一口气，下定决心说吧，可是，听的人已散落天涯。

一件没能去做的事，一个没能转身的弯，一封没能寄出的信……你在深夜里痛哭过吗？因为爱是如此的辛苦与艰难。

如果生有来世，让我们去弥补这些刻骨铭心的遗憾吧。那件事，想到就去做吧。那段路，马上就出发吧。那个人，这就去见吧。那句话，见面就说吧。还有那个弯，一定要记得转啊！从此人世间的痴男怨女，便一个个华枝春满、天心月圆了。

不经历爱情，算什么人生？唯愿你有生之年，能够被爱情唤醒。与相爱的人携着手，往明月多处走。

目录

第 01 章

你在哪儿，我在哪儿

Where are you，where am I

月光下
一想到你
我的心就化了
如清浅的溪水漫过草地
温柔已不可掬
我的躯体和灵魂
也随之融化在
这遍照古今的月色里
亲爱的，今夜
我不求回报地爱上这世界
哪有什么高尚的理由
只是因为
刚才那一刻
我想起了你

——《除了你，世界与我无关》

一

美玉五岁时就认识了春生，那一年春生八岁。

美玉家搬进大院里来，与春生家恰好是邻居。大人们忙自己的事，春生就带着美玉在院子里玩儿，过家家，扮夫妻。春生常常骑在竹马上从大门口一路跑过来，而美玉就站在那棵盛开的夹竹桃下，眯眯笑着等他。

春生家的屋子宽敞好多，他爸爸是正县级的退休干部，那时全县也没有几个人能享受这个级别的待遇。春生妈妈也很厉害，是县物资局的局长。可是美玉爸爸妈妈对他们只是表面上客客气气，却不喜欢与他们交朋友。美玉常听到妈妈对爸爸说："这两个人真怪，好东西自己插上门来吃，从不舍得给孩子留一口。"爸爸也说："给他家当孩子也真够可怜，天天吃残杯冷炙。"

说归说，每每看到春生放学回来，美玉妈妈总要心疼地叫到自家屋里来，从美玉的碗里分一半好吃的出来，给春生打打牙祭。也可能就是从那个时候起，春生悄悄地喜欢上了美玉一家人，当然主要还是喜欢美玉。

从小学到初中，春生每天上下学都要叫上美玉一起走，路上遇到冲着美玉吹口哨的坏小子，春生都会追上去将他们打散。渐渐地，美玉开始习惯在她身边有春生挺拔高大的身影陪伴。

美玉高中毕业那一年，正好春生当兵转业。美玉刚被安排到县医院做护士，春生妈妈就拎着好几捆腌肉登门提亲了。她蛮有把握地说："把你家美玉嫁给我家春生吧，春生一直喜欢她。"

美玉爸爸妈妈坚决不同意。因为他们都知道，这两口子对自己的孩子都那样刻薄，美玉嫁过去只会吃更多的苦。

二

可是他们不知道，高中三年美玉已经和春生在偷偷地恋爱。从学校到军营，鸿雁传书，一封封饱含着少男少女炽热情怀的信件，早已将两颗年轻的心牢牢地拴在了一起。美玉在信中写："春生哥，记得高中一年级时，我从宣传板上看到你写的版面，从此深深迷恋上了你的字，迷恋上能写出这样一手字的人，当然我知道是你。每次我装作不经意的样子路过你的教室，都会偷偷地寻找你的身影。有一次看到你坐在窗边，阳光洒进来照着你修长的写字的手，格外好看。"

为了美玉，春生已决定放弃安排省城的指标，一心回到闭塞的县城里来，回到他爱的人身边。

美玉和春生的恋爱到底还是被家里发现了。

在几经劝说无效后，美玉妈妈专门去医院为美玉请了病假，将她锁在屋里，不让她出门了。春生得知了这个消息，不放心地从部队跑回来，央求美玉爸爸妈妈。他被无情地挡在了门外，可他还在不停地央求着，他说他会一辈子对美玉好的，保证不让美玉受半点儿委屈。大街上来来往往的人都听见了，美玉在屋里也听得清清楚楚，任她怎么哭闹，都没能换来爸爸妈妈轻轻地点一点头。

春生的转业也到了关键时期，面对美玉父母的无情拒绝，最后失望至极的他无奈之下只好选择了省城。他担心美玉看见他会难过，也担心自己远远地看着美玉出嫁会丧失对生活的热情。隔着窗户，春生向美玉告别。

从那一天开始，美玉就不停地哭，她不再大吵大闹了，只是哭，呜呜地哭。哭累了，就睡觉。睡醒了又哭，烦了，就随手摔屋子里的东西。美玉爸爸进来打她骂她，美玉也不躲不闪。美玉睁着圆圆的眼睛，报复似地笑着说："告诉你们吧，我已经怀上了春生的孩子。我早就是春生的人了。"

美玉妈妈赶紧上前捂住她的嘴，生怕有人从窗外听了去。可是美玉却想着让天下人都知道，她推开窗子冲着院子里声嘶力竭地喊——我怀了春生的孩子，我们早就是夫妻啦！

美玉真得病了，是人人唯恐避之不及的精神病。送到市里的精神病院去，药吃了半个多月，美玉不见半点好转。没办法，又急忙转到省城的医院。每当美玉病情发作的时候，医生使用的办法只有电击，直接电晕过去，然后打针喂药。渐渐地，美玉不敢再吵再闹了，医生说什么，她都会乖乖地听着，像个智力发育不好的孩子。

一个月之后，美玉被接回家了。她看到门口坐着等她回来的春生，她眼神呆呆的，好像不认识他，也不说话。

三

春生妈妈听说美玉得了精神病，特意赶过来，声称要拿回原来提亲时拎来的腌肉。她刚踏进美玉家的门口，却亲耳听到春生正在跟痴傻的美玉表白。她气急败坏地闯进来，冲着美玉一家人嚷着："春生，人家美玉死活不肯嫁给你，你说这些没用的做什么？你要是我家儿子，就跟我回家。"

美玉爸爸妈妈说不出来话，气得脸色发白，将原封未动的几捆腌肉扔到春生妈妈怀里，扭头躲进屋里去。

春生却不离开，他回头对堵在门口的妈妈讲："美玉得病是为了我，我怎么能够抛弃她！"

春生妈妈气得差点晕厥过去，指着春生骂道："人家好好的时候不跟你，现在成了累赘，你偏要捡起来当稀罕抱着，天生的大傻瓜啊。"

美玉妈妈咽不下这口气，又从屋里出来冲着春生说："你快走吧，别再叫你妈妈堵在我家门口说这些难听话啦，我们家美玉别说是现在病了，就算当初好好的，也不敢攀你们家的高枝儿。"

春生却不松开美玉的手，他说："我们俩早就说好了，不管遇到什么事，我们都不会分开的。美玉现在病了，我更不能扔下她不管。如果病的那个人是我，美玉也不会答应离开我的。”

春生妈妈还不死心，临走时提醒春生说：“你小子别忘了，你现在是省城的人。”她的眼珠儿得意地瞟着屋里的人。

春生没等她的话说完就说：“我已经申请调回县城了。”

春生妈妈脸色青一阵白一阵，实在咽不下这口气。她将怀里的腌肉重重地摔在地上，咬牙切齿地说：“你要娶美玉，我只说两点儿：一，不办婚礼；二，今后美玉发病，我们没人管，要管你自己管。”

“好，没问题。”春生斩钉截铁地回答。

当年五月一日，阳光晴好的上午，春生牵着美玉的手来到民政局登记结婚。晚上，两个人回到春生单位临时分配的“新房”里，累了一天的美玉倒在春生的怀里沉沉睡去。

四

美玉怀孕了。

因为离她第一次发病住院还不到半年，现在她仍然需要每天服药，所以医生建议春生说服美玉打掉这个孩子。可是美玉态度很笃定，她不能失去这个孩子，这是她和春生爱情的结晶，更是她得来不易的幸福。又加上亲人们都怀着一生孩子也许病会不治自愈的迷信，慢慢地，春生接受了美玉的坚持。可是美玉真的害怕药物会影响胎儿发育，于是，她每天都会把药藏起来偷偷扔掉。一年之后，又白又胖的儿子出生了。随着儿子健健康康地出生，人们都以为美玉的病真的好了，那早年的心灵创伤经过春生的细心呵护，如今在人们的祝福声中平复了。

可是精神世界里的疾病不是普通人能够理解的，人们高兴得太早了。仅仅是半个月之后，美玉产后抑郁又并发早年癔症，天天寻死觅活地闹起来。春生发现，这一次美玉病得更加厉害了，她不仅仅有幻视幻听，最吓人的是她总是往绝路上逼迫自己。见井要跳，遇河就投，家中的剪子和菜刀都被春生藏了个严实。春生天天寸步不离美玉，他说："你跳井我也跳，你投河我也投，你死我也不活了。"

美玉哭了："春生哥，你这又是何必呢？我死了就不累赘你了，你和孩子好好地活着吧。"春生实在没了办法，还没等儿子满月，便向单位请了长假，带着美玉住进了精神病院。

整座县城的人都曾在街上遇到过低着头匆匆赶路的春生，那是他急着回岳母家去看孩子，或是从岳母家出来急着赶回医院去。人们每遇到春生一次，都会明显看出他又清瘦了，眼窝都深陷了进去。于是人们就同情地望着他，一直到消失不见。若是遇到了熟人打招呼，人们就会看到春生疲惫的笑脸。年纪轻轻的，一笑，皱纹爬满了脸。

三个月后，美玉出院了，春生家没有一个人出现。美玉妈妈望着可怜的美玉和春生，再看看怀里嗷嗷待哺的外孙，一个人偷偷地哭泣。春生过来向美玉妈妈保证说："您放心吧，我保证以后美玉的病再也不会犯了。"

五

因为患病，美玉把护士工作也丢掉了。春生的工资有一半差不多都要用来为美玉买药，他想讨回原来存在妈妈那里的钱好补贴一下家用，为儿子买一点儿质量好的奶粉，却被妈妈告知，春生原来的那个存折不知什么时候丢了。春生对着爸爸妈妈实在不敢张口借钱，他知道即便是伸出手来，也不可能借到一分钱的。临出门时，妈妈跟在身后对春生说："不听老人言，吃亏在眼前，当初不叫你娶美玉，你就跟中了邪一样，现在知道苦了吧……"

春生不想再听妈妈说下去，他又没有后悔，为什么要听妈妈说这些无情话？他甩开大步走了，远远地听着妈妈在叫——自找，活该！

春生没有办法，每天下班后他就偷偷地到车站去扛大包，这样一天下来可以多得两块钱。他就把这两块钱攒起来，给儿子买瓶麦乳精，给美玉买件红毛衣。

美玉这次出院之后，令人意想不到的是她性格上来了个大反差——原来她文文静静，少言寡语，是个偏内向的女孩子，可是现在变得一遇事便咋咋呼呼，话说个不停，对身边的人超级热心。她总喜欢出去逛街，不好好待在家里。突然有一天她一个人跑到车站去，看到春生瘦弱不堪的身子压在大包下面，正在吃力地向车厢挪步。那天等春生回家来，她红着眼圈儿对春生说：“我不能闲在家里白吃饭了，你挣钱这么辛苦，我要到街上去摆个缝纫摊儿。”

美玉从小就是个心灵手巧的人，针线活是一流的。春生哪里舍得美玉去受苦，刚开始说什么也不同意。最后还是美玉妈妈说：“春生啊，你就让她去吧，天天关在家里，对美玉也不见得是什么好事儿。再说我带着孩子跟着她，活多了我俩倒换倒换，累不着人的。”

美玉专门把缝纫摊摆在了十字路口，这样的话春生再想去车站干活儿就必须经过这儿。美玉的手工好，她要的价格低，大活儿小活儿她都不嫌弃，拼了命地接活，白天干不完，回家后晚上还要再加班。美玉心里怎么想的从没对人说过，她就是心疼她的春生哥。

凭着美玉的能干、热情、公道，她的生意真是越做越好了。

六

美玉是一个自尊心很强的人。她知道春生是为了她才回到县城里来的，她就一心鼓励春生要在事业上做出自己的成绩来给别人看。家务活儿美玉抢着做，春生腾出时间来好好地学习看书。春生偏偏又是聪明的人，看到美玉的病真的好了，他心情也好，学东西也快。几乎就在五年之内，春生晋升为高级工程师，还自学通过了全国的经济师、造价师、采购师的考试，在单位上成了领导倚重的业务能人。

春生进步了，美玉当然不甘落后。她的生意从缝纫摊到毛线店，再到药房，后来开过服装厂，办过全县城最大的酒楼。县里邀美玉做什么人大代表和政协委员，美玉都一一回绝了。有人悄悄跟春生说，美玉做了大老板，说不定哪天就要离开你了。春生笑笑不说话，根本也不往心里去。后来春生在全城招商引资的项目上立了大功，被任命为县建设委员会主任。有人跑去和美玉说，春生当大官了，有实权了，你可要提防他变坏，抛弃你不要这个家。美玉也是笑笑不说话，该做什么做什么。

美玉有钱了，为自己的父母和春生的父母都买了大房子。美玉说她最大的愿望就是开办一家医院，让那些患有精神疾病的人得到有尊严的治疗，让全社会的人都来关心这些可怜的人，不要把她们看成包袱累赘，更不要放弃。她逢人便说，如果没有春生，她早就死了，死了不知多少回了。她还对春生说："等你退休了，我也不干了，咱俩去游长江看三峡，把全中国游上一个遍。"然而，就在春生即将退休的那一年，死神真的降临了，只是这次抓住的不是美玉，而是春生。

春生倒在病床上，手里拿着胃癌晚期的报告单，掐指一算，距离上次他和医院打交道，已经过去二十六年了。上一次还是美玉生完孩子产后抑郁，在这二十六年里，不管他工作多忙，学习多紧，他都记着每天晚饭后陪美玉锻炼，坚持跑步两公里，临睡前再给她讲一段温暖感人的故事。他自信，在这个县城里，已经有太多的人不知道他美丽的妻子曾经是一位病人了。

可是自己却要告别这个世界了，想一想，还真是有些舍不得。舍不得其实是不放心，他不放心美玉，如果自己一走，美玉必定又会受到刺激，她若是犯了病，有谁会对她好呢?

七

令人难解的是，在灾难面前美玉表现得尤为镇静。她将手上的生意一一转出，把钱全部拿出来，陪着春生辗转全国的医院，寻求一线生机。她的开朗乐观潜移默化地影响了春生，两个人在病痛的间隙都会说些轻松的笑话，来活跃心情。病友们常常会听到美玉在大声地对春生说："刚才真是太搞笑了，我去排队约号，站着站着就睡着了，竟然没有倒唉。还晓得一步步往前挪，医生叫到我才醒。"

春生体贴地笑着，伸出手去摸摸美玉的头。尽管那头发都已是黑白相杂，可动作仍旧像小时候一样亲切、自然。

有一天夜里，春生从昏睡中醒来。他发现美玉守在病床边目不转睛地看他，美玉的眼珠在昏暗的病房里很亮。见春生醒了，美玉轻轻地钻到春生的臂弯里，像个刚刚恋爱的小女孩儿那样问："我生病的时候，全世界的人都不要你娶我，你偏偏不听，是为什么?"

春生听到美玉这么问，眼角就湿润了。他回忆说："你真傻，哪有为什么，你不会知道，咱俩小时候玩过家家，有一次坐在夹竹桃下扮吃饭，我端起碗来看你，阳光下毛茸茸的头发，睫毛忽闪忽闪的，你双手撑着下巴坐在我对面，认真地盯着我看。这一辈子,你不晓得当我撑不下去时,就会想起你的这个样子来。一想到这个温馨的画面，我就会对自己说：‘没关系，只要我和我的美玉还能坐在一起吃饭。’”

“这么说，你是早早就喜欢上我了吧？你说的这些，我怎么一点儿都不知道。”美玉害羞地笑了。她也回忆说：“春生哥，你还记得初中那一次放学吗？”

春生摇摇头，问：“你说的是哪一次？”

美玉嗔怪似地说：“就是你骑车带我去河边看夕阳那次。我坐在你的后车座上，迎面吹着寒风。不知道为什么，我却一点儿也不觉得冷。我使劲儿贴在你的背上，听到你热烈欢快的心跳。那一刻我就在想，如果我们可以一直这样，该多好。就让这条路永远没有终点，我们永远不要停吧。”

“我想起来了，美玉，那天在高高的河堤下，我第一次紧紧地抱了你。现在一想，我的心还紧张地怦怦直跳。”春生将美玉的手轻轻地放在了自己的胸前。

那一晚，除了给美玉讲她爱听的故事，两个人兴致高涨，你一言我一语，说到了游长江赏三峡，还说了好多事儿，最后又低声哼起了小时候扮夫妻睡觉唱的儿歌。

八

依照医生的推算，春生可能就剩几个月的生命了。春生对美玉说："我不想生命的最后只是躺在病床上等死，咱们出去转转，让我好好陪你玩一回，留个纪念吧。"

五月底，美玉和春生给在外地读大学的儿子打了电话，告诉孩子他们报了游长江三峡的老年团儿。然后俩人穿戴整齐，坐火车一路南下。

美玉陪着春生先去看了中山陵、夫子庙、玄武湖、栖霞山，又与春生品尝了鸭血粉丝汤，还专门去到秦淮河，点一桌秦淮八绝。吃好玩好之后，才依依不舍地弃岸登船，向三峡溯流而上。

船起航时，天色尚早。美玉和春生并坐在二层的观景平台上，十指交扣，欣赏着沿途旖旎风光。江上的风吹拂着二人半长华发，却丝毫无法带走眼睛里传送给对方的那温暖眼神。

"看着像是要起风了，咱们回舱吧。"美玉把披巾轻轻披到春生的肩上来。邻座上是同一个旅行团里的一对父女，父亲因与他们年龄相仿，早已熟识他们，目光相视时便向他们微笑致意。

春生缓缓站起身，挽着美玉的胳膊，走进江上淡淡的暮色里。船舱里有的房间亮起了灯，与江岸上的灯火遥相呼应。

美玉将春生在床上安顿好，然后坐在窗边一边听雨，一边看着灯光里春生的脸。春生被玻璃上的雨声敲醒了，他说："雨好大，江上的风也越来越大了。美玉，你离窗子远一点儿，里边安全。”

走廊的尽头是船上的一间茶餐厅，电视声音开得好大。春生听得清清楚楚，新闻里好像也在播报江上大风大雨的事。

春生问：“咱们下一站是到哪里玩？”美玉想了想说：“应该是黄鹤楼吧。”说完，美玉听话地站起来，此时她发现床前桌上的水杯倒了，滚到地上来。她弯腰去拾杯子，地毯又兜顶覆到了她的头上。美玉脑海中不祥的预感刹那间变成了现实，她迅速撩开地毯，去看睡在床上的春生，却看到春生已被甩到了床下，紧紧地靠在舱壁上，那张移动的铁床死死地顶住了他，一动也不能动。

美玉毫不犹豫地钻到床下去，一把握住了春生的手。春生抬头看不到头顶上的窗子，他急了，往外使劲儿推开美玉。他说：“你快去开窗，再不逃就来不及了。”

美玉死死地牵着春生不放手，她安慰说：“我可不能撇下你。好赖咱俩在一起。”

就在说话的当儿，电“唰”的一声断了，房间里一片漆黑。江上的大雨似万箭齐发，密不透风，劈天而降，一枝枝死死地钉在了舱壁和玻璃上。春生搂着美玉随着船的翻转一下子滚到了舱板上。这时候春生明白，窗子里唯一的逃生机会也没有了。他低头看看扑倒在他怀里的美玉，眼睛里闪现出一片少年时润泽的光。

在一片漆黑之中，春生将下巴抵在美玉的头心上，笑着说：

“美玉，咱俩再唱唱哄小孩儿睡觉的儿歌吧。”

于是美玉开始轻轻哼起来，春生慢慢地和着——

小小子儿，坐门墩儿，
哭着喊着要媳妇儿。
要媳妇儿干吗？
点灯，说话儿，
吹灯，做伴儿，
早上起来梳小辫儿。
…………

第 02 章

最疼的疼是想你

The Most Painful Pain Is to Miss You

缓缓地
音乐像潮水漫上心田
这一首《老情歌》
我独自听了多少年
窗前的月色
有一点儿浓一点儿淡
仿佛少年时某个秋日的黄昏
我与你初见
想你的心儿
似小小的夜行船
飘飘荡荡摇摇晃晃浮浮沉沉
如何能靠得了岸
你走后的世界
可知道我有多孤单
从此天下的爱情
再也与我无关
当歌声一点点退入这如海深夜
我苍白的手指尖
还遗留有你握别后
一个眼神的温暖

——《除了你，世界与我无关》

一

向光明率领着守桥小分队到达指定位置时，越南方面的联络人已带着配备好的女兵早就等在那里了。

握手寒暄之后，一老一少两位女兵站在了他的面前。年轻的卫生员主动走上前来，含蓄一笑，大大方方地介绍自己说："我是卫生员阮美灵，刚从中国野战医院实习回来，班长有什么需要都可以和我说，我能听懂简单的中文。"

向光明看到阮美灵，顿感心头一热。她忽闪忽闪的大眼睛，秋波纵横，仿佛会说话。

会合之后，守桥班继续向谅山石球大桥出发。待到越南方面的联络人走远了，向光明在心里暗暗提醒自己，工作就是工作，千万不可逾越情感的界限，更不敢违背军队上的纪律。早在中国派兵抗美援越之初，部队里就明令规定，绝不允许利用工作关系与越南女兵发展儿女私情，一经发现，开除军籍，遣返回乡。其实，在越军中也有相同的规定，无论主动被动，都不可以违反军令。

有这把利剑在头上悬着，相处之初向光明恪守军纪，哪敢越雷池半步。

少女的心是最敏感的，从向班长灼热的目光里，阮美灵也隐隐觉察到了来自向光明心里爱的辐射线。

在工作的岗位上，他和她接触频繁，配合默契，是一对天下无双的好搭档。在工作间隙，她常常陪他坐在北仑河边，帮他洗衣裳，听他讲述自己的成长。因为对他的喜欢，她好向往他出生的小山村，憧憬着有一天跟随他走进那一片野花开遍山野的土地。因为对他的喜欢，她好想沿着他上学的山路走上一遭，踢踢他踢过的石子，蹚蹚他蹚过的小溪，看看他喜欢过的女同学……

她最爱听他讲牛郎和织女的故事，每每听到牛郎肩挑儿女追到天上，她都会泪流满面。狠心的王母娘娘啊，你怎么忍心拆散一对相爱的夫妻？无情的银簪啊，你怎能划出这一条长长的银河，让他们隔河相望却又不能相见？

他心疼地看到，她的泪水落进北仑河里，北仑河也变得少女一般温柔而多情。

二

两颗相爱的心，即便是在一个特殊的时期，也会以一种特殊的方式走到一起。

那是八月的夜晚，向班长带着她沿河岸查岗哨返回营地，途中经过一片浓密的雨林。当走到树林最深处的时候，他忽然感到大腿根儿那里一阵难耐的奇痒。他手忙脚乱地解开裤子，借着朦胧月光，便看见一只仅露着尾巴的硕大的蚂蟥正拼命地往他肉里钻。他从来没有遭遇过这种情况，原来从书本上学的对付蚂蟥的知识忘得一干二净，整个人傻愣愣地站在原地，手足无措，满头是汗。

她回身等他，一眼便瞅见了他身上露出来的蚂蟥那根来回翘动的尾巴。她晓得情况万分危急，三步两步跑回到他的身边，脱鞋蹲身，伸手到他的私处，掐住大腿根部，毫无忸怩做作。她用鞋底轻轻拍打着蚂蟥，直待蚂蟥麻痹，一点点退缩出来。

她的手触碰到他的那一刻，他对她的感觉早已超出了对蚂蟥的感觉。他抑制不住年轻的冲动，浑身像是烧在火上的水壶，渐渐地就要沸腾起来了。就在这时，他忽然看到她俯身到他的伤口处，用嘴一点点吮吸起来，然后将蚂蟥的毒液清除到体外。随着她的吸吮，他的心就像是春雨后的草地，被稚嫩而有力的草芽拱动着，然后一发而不可收，刹那间整个春天就那样绿了，不可救药地绿了。

她蹲在他的身下，如同站在涨潮的北仑河边，听凭浪潮从远处一波波汹涌袭来。她无处躲藏，她本不想躲藏，她勇敢地站在那里，她迎着潮头走上前去。

她听到他发出了一声低吼，好似那浪潮瞬间淹没了她，已将她整个裹卷在怀中。她的四周都是他，她的中心也是他，她的天是他，地是他，一切一切都是他。

爱是一座火山，一旦找到了突破口，就会天崩地裂地喷发。

直到有一天，她告诉他，自己应该是怀孕了，两个人这才意识到严重的问题来了。

三

在经受的第一个考验面前，他和她的选择出奇的一致：留下孩子，接受处分。因为孩子是他们爱情的结晶。

这样选择的后果两个人都十分清楚，开除军籍，遣返回家，那将是两个人无法预见未来的分离。

临别的日子到了，他将手表摘下来，包起来送给她，说是送给孩子的礼物。她红着眼睛告诉他，每年的七月七，牛郎织女相会的日子，她就会抱着孩子到中越边境的友谊大桥上等他，让孩子早日见到他的爸爸。他再一次紧紧拥抱了娇弱的她，将泪水流在了转身之后。

阮美灵到家之后，如她所料地遭到了爸爸和哥哥的白眼。那个年代，越南的政治宣传便是参军光荣。本来她被送到中国野战医院实习，家里人指望她在部队能得到提拔重用，不承想刚回国没多长时间竟然被遣返回家。在爸爸的追问之下，她本不打算隐瞒，便以实情相告。爸爸像是受了奇耻大辱一般，非要她堕胎，否则断绝关系，从此不得再踏入家门半步。

为了保护孩子，更为了遵守对他的承诺，阮美灵含着泪水走出了家门。可她能去哪儿呢？举目无亲，孤身一人，她活下来的信念唯有一个他。于是她习惯性地走到了北仑河边，听着河水在夜色中呜咽，仿佛在为她和即将出生的孩子哭泣。月光下的河水，一浪浪拍打着岸边的礁石，她目不转睛地望着，竟然感觉是他从礁石后面走过来，坐在了自己身边。她轻轻地抚摸上去，深情地诉说着心中的思念——光明哥，你回到家一切还好吧，路上没有人为难你吧。我带着孩子从家里搬出来了，没办法啊，自己给家里丢了人，爸爸不要我了。还记得咱们的约定吗？每年的七月七，友谊大桥上相见。如果到时候你没能看到我，如果你来到越南还想找到我和孩子，请记住见证咱们相爱的北仑河吧。我一定会在北仑河边，找个寨子生存下来，把咱们的孩子养大成人。光明哥，这才分开几天啊，我就已经度日如年了，你快快回来吧，回到我的身边来吧。

四

在中国的传统节日春节那天，阮美灵临产了。

她一个人翻腾在寨子一角的小屋里，没有人听得见她撕心裂肺的嚎叫。她挣扎着起身，将所有用得着的刀剪和裹布放在锅里，烧开了一锅水消毒。然后她依靠早年学来的卫生知识，半坐在床上自己为自己接生。

当阵痛袭来，她不是像别的产妇那样盲目地喊叫，她是从心底迸发出一个人的名字——向光明！她喊出这个名字，她的身上就有了力量，她的心中就有了勇气。泪水流淌下来，汗水浸湿全身，牙齿咬断了一绺绺的头发，她低头看到鲜红的血从身下缓缓流出，她先是摸到了孩子头发湿热的头，继而探到了孩子皱巴巴的皮肤，她忍着剧痛把孩子一点点拽出体外，麻利地剪断脐带打好结儿，用布单将孩子裹好，在自己昏厥之前，紧紧地把孩子揽在怀里，将乳头送进孩子嗷嗷待哺的口中。

在迷梦中，她看到光明哥来到了她的床边，一手将孩子抱起来，一手揽着她的肩。她高兴地哭了起来，她撒娇似地说："光明哥，你藏到哪儿去了？我遭受了这么多的罪，吃了这么多的苦，你藏哪儿去了？"她一头扎进光明哥的怀里，听着光明哥向自己道歉，向自己保证再也不会离开她们娘儿俩了。就在一家人相依相偎的时候，突然从外面闯进几个人来，不由分说地绑起光明哥就往门外推，她慌忙爬起来追，结果从床上一头栽了下去……

她清醒了，口中还在喊着光明哥，脸上还在流着热乎乎的泪。这是一个梦啊，可是想起梦中的情景，她虚弱的身体还是抖个不停。

低头看看孩子，孩子在她的怀里睡着了。光明哥，咱们的儿子出生了，你看看他，长得多么像你！这高高的鼻梁，这厚厚的耳垂，还有这大手大脚，这就是你啊！光明哥，你给儿子起个名字吧。是啊，光明哥，自从分别后，我给你写去的信，你都收到了吧，可你为什么一封也没有给我回啊？

五

阮美灵的噩梦真的不是空穴来风。

向光明刚被遣返回到家门，家中已经有人在等他了。还不容他说个清楚，对方便将他五花大绑，押解到了一处附近的改造农场进行劳动改造。每天他的任务就是沤粪、挑粪、撒粪，整天跟大粪打交道，浑身上下臭烘烘的。说不好晚上还要集中起来进行改造学习，经常睡不够五个小时，天不亮又要起身，跑到厕所后面将大粪起出坑来。粪肥不够的时候，他还要到烂泥塘里挖渍泥，常常是半天下来，累得整个人都爬不上岸，直接虚脱在泥塘里。

好多同伴先后劳累而死，还有的盼不到出路，自寻了短见。可他往往在挺不住的关键时刻，就会想起远在越南的她，想起孩子，想起她对他说过的那些话，这个时候，他就会骂自己别做傻事，更不能做对不起她的事。有一次，农场里大规模的一次批斗会上，农场头头儿在他的批斗词中专门加了一句话——不断有越南方面的信寄来，是他里通外国的罪证。那一场批斗会，他竟然成了挨打的重点人物。当皮鞭和着棍棒如雨点儿一般落在他的背上，他非但没像往常似的痛不能忍，反倒在心里偷偷酿出了久违的甜蜜。他知道，那些信一定是她写来的，她没有背叛他们的爱情，在想着他，念着他，爱着他……皮开肉绽的他，心中却充满了对生活无限美好的憧憬。

可是他却无法给她回信，甚至找不到纸和笔，没办法为她写一个字。在深夜里，他宁可牺牲掉本来就少得可怜的睡眠时间，把对她想说的话在脑海中一遍遍说给窗外的风，他希望呼啸的北风能将他的心里话捎到越南去，让他心爱的人听到。

几年下来，他的神经都已经形成了条件反射——哪次对他的批斗狠了，便说明阮美灵又从越南写了家信来。那么他就知道，她和孩子是平安的，远在千里之外，有那么一个温暖的小家在等着他。

依靠着这一信念的支撑，在非人的磨难里，他生生挺过了十年浩劫。

六

十年过去了，孩子十岁了。阮美灵第十次踏上了前往友谊大桥的路途。

绵绵的细雨仿佛是在为牛郎织女一年一度的相见营造着凝重的气氛，一路打湿了阮美灵的长发，也淋湿了她的心。光明哥，分别十年了，你到底好不好啊？咱不是说好了年年在友谊大桥上相会吗？可你为什么还不来？

儿子也懂得妈妈的心。为了缓解妈妈对爸爸的思念，他缠着妈妈为他唱一段爸爸教的中国戏，这一段唱妈妈年年都会站在友谊大桥上，眼泪汪汪地对着桥下深涧里的流水唱。依照他浅显的理解，这应该是一段欢快的演唱，可是妈妈的泪花总是不由自主地流淌。

阮美灵最喜欢光明哥教给她的织女下凡时的这段唱，这本来是她和光明哥高兴时最爱唱的，可是自从分离后，她每每唱起，总会别有一番滋味涌上心头——

架上累累悬瓜果，
风吹稻海荡金波，
夜静犹闻人笑语，

到底人间欢乐多。
我问天上弯弯月，
谁能好过我牛郎哥，
我问篱边老枫树，
几曾见似我娇儿花两朵。
再问欢唱清溪水，
谁能和我赛喜歌。
闻一闻瓜香心也醉，
尝一尝新果甜透心窝，
听一听乡邻们问寒问暖知心语，
看一看画中人影舞婆娑。
休要愁眉长锁，
莫把时光错过，
到人间巧手同绣好山河。

唱到此处，她竟然对别夫抛雏的织女心生羡慕了。织女再可怜，她毕竟还能每年与爱人和孩子相见，可是我呢？我的光明哥呢？再看看身边从未见到过爸爸的儿子，阮美灵的心痛如刀割。

还没有见到友谊大桥的影子，在相隔很远的进山的路上，阮美灵被设在山脚的军管站拦截了。没有理由，更没有人出面解释，除了运送军事物资的卡车咆哮着急驰而过，行人一律不准进山，这是军事命令。阮美灵有过战时的经验，她隐隐地感觉，中越边境上笼罩着令人窒息的战争的阴云。

七

就在向光明收拾行装准备重赴越南寻找妻儿的时候，对越自卫反击战打响了。从友好到决裂，这一场战争如天堑一般，比横亘在牛郎和织女之间的那一条银河还要难以逾越。

刚刚看到团圆希望的向光明，被这突如其来的变故彻底击倒了。他患上一种怪病，从左脚开始浮肿，后来蔓延到小腿，一直向上，直到脸色蜡黄，浑身无力。在不吃不喝倒在床上三天之后，他意识到自己这一次怕是逃不过去了，可是他终究没能实现自己的诺言，再回到爱人身边，真是死不瞑目啊。他眼睁睁地望着窗外灰色的天空，今年北方的雪早早地来了。他忽然想起，阮美灵曾经倚在他的肩膀上说过，她想到他的村子里来，看看他的家，看看他上学走过的路，看看北方漫山遍野的雪……想到这里，他的眼睛湿润了，一滴热泪从眼角滚落。他伸手将泪珠揩起，送到嘴里来，咸咸的，涩涩的，热热的，给了他一丝活下去的勇气和能量。他一边吞咽着自己的泪水，一边积攒着全身的力气，最后慢慢地爬起来，点一把火，为自己烧了一杯水喝，然后他抵在门上，渐渐地听着自己的心脏又慢慢地跳动起来了。

无数个被病痛折磨得生不如死的夜里，一个人望着孤星高悬，他都是紧咬牙关，一心乞求上苍——临死之前，就让我再见上爱人一面吧，哪怕只是短暂的相见。或许是他的诚心感动了天地，他的怪病竟然又莫名其妙地好转了，只是这些年治病欠下的债务又像一座大山一样，重重地压在他的背上，令他抬不起头来。

他拖着病残的躯体靠到处打零工谋生度日，靠捡拾废品和省吃俭用从牙缝里节省下钱来还账。这一做就是三十年，还清债务之后，他开始有了有生以来的第一笔存款。他的生命重又燃起了希望，中越关系正在破冰回暖，等他攒够了路费，他就可以去找回自己的爱人了。

美灵，美灵，你还好吗？这么多年，我没能去到友谊大桥上同你见面，更没有给你写回过半个字去，你肯定会伤心吧。你一定骂过我，恨过我吧，这都不能怪你，是我对不起你呀！如果你收到这封信，就快快给我回信吧，我正在攒钱，去找你和孩子，我仿佛是一刻也不能再等下去啦！

向光明寄出了分别近四十年之后写给爱人的第一封信。

八

谅山还在，北仑河还在，石球大桥还在，连他们一块巡逻经过的那片密林还在，唯独那个魂牵梦萦的姑娘不在了。

向光明坐在北仑河边，听着北仑河缓缓地流淌，如同在听心爱的人诉说衷肠。四十年啊，一个人带着孩子，多么艰难的四十年，那苦难应该比这北仑河还要长吧。四十年啊，两相分离，朝思暮想，多么煎熬的四十年，那离别情话应该比这北仑河还要蜿蜒曲折、绵绵无尽吧。向光明热泪滚滚，他记得美灵的泪水就曾经流入了北仑河，现在他的泪水又和美灵的泪水融在了一起。

天亮了，他恋恋不舍地离开石球大桥，一路沿着北仑河向上游寻找。他冥冥之中记得，美灵家的寨子就在北仑河边，她也曾和他说过，她永远在北仑河边等着他。

每经过一个寨子，他都要进去询问，与每一个名字叫美灵的姑娘相见，却没有一个人是她。半个月的时间，披荆斩棘，跋山涉水，他沿着河边走了将近一百里地，脚底的血泡破了又长，长了再破，鞋子磨掉了底用草绳绑起来，衣服被撕成了布条，皮肤也被叶子割得血肉淋漓，饿了就用野果果腹，渴了手捧山泉，他真的成了穿行在北仑河两岸的野人了。

最终心力交瘁的他扑倒在路旁，昏睡不起。路过的村民好心救他，将他背到了小村里的诊所。老天有眼，这个诊所的医生，这么巧，正是她。

战争过去了，饥荒过去了，贫穷过去了，越南从中国又学来了改革开放。她的孩子长大成家了，去到不远的镇子上做生意。她一个人生活在早年收留她的寨子里，为了报答这个寨子当年接纳她和儿子的情意，她自费开办了这个小小的诊所，免费为寨子里的老人孩子看病，平静地过着独居的生活。对于四十年前那轰轰烈烈的爱情，只有在她午夜梦回的时候，才会像是藏在心底的电影胶片，翻来覆去地被心底的光映照着不停地循环播放。那是属于她一个人的电影专场。

九

村民把患者放下便走了，诊所里只剩下她和床上的病人。她摸一摸病人滚烫的额头，便晓得多半是喝了生水引起的肠胃感染。她麻利地配好消炎药，挂上葡萄糖，然后静静地坐在病床边，看着药液一滴滴输入病人的体内。

不经意间，从他褴褛的衣缝里，她一眼瞥见他大腿上被蚂蟥钻过的疤痕。关于他的记忆像滔天的洪水没顶而来，那个密林之夜，不顾腿伤，他那么勇敢而热烈地拥抱着她，他的唇疯狂地掠过她的每一寸面颊。她像一个在水中窒息的人，两只手拼命搂住他，由着他带着自己到水面上去，到任何地方去……

这一眼，她简直不敢相信，难道真的是他吗？四十多年杳无音信的一个人，突然就这样憔悴不堪地躺在自己面前。她揉揉双眼，不相信似地来到他的近前。

再看看躺在病床上形销骨立的他，鬓角露出白发，满面皱纹如波，当年的两道剑眉，一双星目，都被岁月剥蚀殆尽，他该是受了多少不为人知的苦啊！在辨认出是他的那一刻，看到他如今千辛万苦的样子，刹那之间她便已经原谅了他。

光明哥，感谢上苍，你回到我的身边来了。一场战争，十年浩劫，两个国家，半个世纪，都不会把我们拆散。光明哥，你还记得织女最后的那段唱吗？我没有忘，我唱给你听，这么多年，我一直在唱给你听。

在金坚玉洁的歌声里，向光明的眼皮上透进光来，他听到了歌声由弱渐强，仿佛回到了美灵洗着衣服听他娓娓说着故事的北仑河边——

纵然把我剁成泥，
心与人间不分离！
纵然把我化成灰，
织女还是牛郎妻！
人间天上拆不散，
天上人间比翼飞！

第 03 章

那时我们还年轻

One Day When We Were Young

亲爱的，千山之外
雨声已经歇了
驿门半开
垂杨下系着一匹白马
所有思念的文字
都还在信袋里，未曾送达
你看，芳草萋萋，古道迷离
我有一支无题的曲子
你愿意听吗
今生今世，我只为你而来
风知道，云也知道
为何你还不明了

——《除了你，世界与我无关》

一

二〇〇一年三月，渤海之滨有一扇窗子通宵透出明亮的灯光。窗外巡回往复的潮汐日夜鼓荡，仿佛窗内人那一颗忐忑难宁的心。

七十八岁的尘生在妻子去世之后，一直多年鳏居。今夜他要给他远在欧洲的恋人燕妮写信。尽管不知道相隔半个世纪之后，爱人是否还活在这个世界上，抑或到底能不能收到他的信件，可是他还想为了当年的恋爱做出最后一搏。

尘生的面前整齐地叠放着一件经年的白色毛衣。他用尽一夜的时间却只写了四句话："亲爱的燕妮，愿上帝保佑你健康长寿。我相信你还在那个遥远的国度等着我。请给我一封信吧。永远思恋你的尘生。"

清晨时分，万丈霞光洒上辽阔的海面，尘生来到沙滩上，隔海眺望。随着寒意料峭的海风，他的思绪又回到了五十八年前的那个秋天……

一九四三年九月，北平协和医学院新生入学季。年轻俊美的英文老师燕妮刚刚从辅仁大学毕业分配到医学院来，担任公共卫生专业的外语教师。她骑着一辆轻便的桃红色自行车，行驶在法国梧桐覆盖的林荫路上，长发如瀑，一袭洁白长裙在秋风中飘然若云。

也许是校园里的秋色太过迷人，也许是即将开始的工作占据了她的心扉，突然她的自行车不偏不倚地撞在了前面的男生身上，而她还来不及做出反应，就毫无防备地栽倒下去，右膝重重地跪在地上。血丝透过裙子浸染了出来，像一枝皑皑白雪中怒放的红梅。

那是一双怎样动人心魄的眼睛哟！被撞的男生回过头来，来不及察看自己身体的伤势，先是俯下身来安慰倒在地上的燕妮。

“对不起，同学，让你受伤了。”男生干脆蹲在燕妮的脚边，用手握住了她的脚踝。“你试着轻轻地动一下，看看要不要紧。”

他的声音也极其温柔，像一卷柔软的纱布包裹着她的伤口。他的手指那样修长，弹钢琴一定很棒。燕妮有些忘了疼痛，心里开始走思了。

二

二〇〇一年早春，燕妮忽然似有心灵感应般地决定从罗马回威尼斯去。

威尼斯可是她的伤心地啊。五十八年前，当她和妈妈从中国逃难似地来到威尼斯，一脚踏上欧洲的土地，她满以为生活可以重新开始了。没想到，环境突然的改变令她措手不及，她擅长的是英语，在中国大学里教书六年，而这些经验在意大利却少人问津。周围的亲戚也有意疏远她们，若不是祖母从马来西亚及时邮寄过来的生活费，她和妈妈真的有可能会冻饿而死。好在她们省吃俭用挺过了那段最艰难的日子。几个月后，燕妮总算考到了速记员的证书，找到了一份为公司打字的工作。这才算是在威尼斯站稳了脚跟。

后来她又辗转到了米兰，最后落脚在罗马。仿佛只是回首之间，时光竟然河水般无声地流过了五十八年，她也从一个风华正茂的姑娘变成面如水皱的老人了。不过，时光虽然雕刻了她的容颜，可是她的风姿依然优雅，她的笑容仍旧焕发着年轻时的亮丽，她的心一刻也不曾背离过心中的真爱……

被撞的男生回过头来，那是一双怎样动人心魄的眼睛哟！半个世纪之后，燕妮回想起来，仍然还会像个情窦初开的小姑娘那样脸热心跳。

“对不起，同学，让你受伤了。”男生干脆蹲在燕妮的脚边，用手握住了她的脚踝。他的声音也极其温柔，像一卷柔软的纱布包裹着她的伤口。

“是我的事儿，不怪你。”燕妮从深陷的眼窝里传递出微微笑意，仰头看到宽大的法国梧桐叶里筛下的秋阳，斑驳陆离，像极了水面上粼粼的波光。

她本能地想站起来，膝盖一动，还是钻心地疼了。

男生不由分说地将她的两只胳膊架到自己的肩上，一猫腰便把娇小的她背了起来。“咱们去校医院包扎一下吧，免得感染发炎。”他的背很宽，好像有床的安全。

男生看到医生的处方笺上写的女孩儿名字是燕妮，它便深深印在了少年钟情的心里。从医院往回走，他大方地介绍自己说：“我叫陆尘生，是公共卫生专业的新生，住309宿舍。”

燕妮懂得，男生这样介绍自己，分明是在告诉她，关于这次碰撞如果还有什么问题可以随时来找他，他一定还会负责任。燕妮推上自行车，走在身材挺拔的尘生身边，她说：“今天实在是对不起，是我撞的你，也不知你伤了没有，反倒给你添了这么多麻烦。尘生，让我们做个朋友吧。”说罢，燕妮爽快地伸出了友谊之手。

尘生凝望着燕妮中西结合、精致绝伦的脸庞，一时间怔愣在当地，脸颊烧灼成了一块红红的炭火。

“怎么，你不愿意？”燕妮的手还伸在半途中。

“我荣幸之至。”尘生忙俯身颔首，轻握住燕妮的玉指，似一位派头十足的绅士。

三

一九四四年五月，北海公园琼岛白塔山下。

春天的夜空繁星闪烁，一对恋人并肩而坐，深情地仰望着天上浩瀚银河，久久不曾说话。

燕妮挽着尘生的胳膊，将头轻轻地靠在他的臂膀上，情不自禁地哼起了心中的歌。

“这是什么歌？真好听。”尘生听得入神。

燕妮说：“你没有看过美国电影《翠堤春晓》吧，这是里面的歌曲 One Day When We Were Young（《那时我们还年轻》）。”

“我还真没看过，故事一定很美很动情吧。”尘生向往至极。

“我妈妈应该收藏有这部片子，哪天我邀请你来我家一起看。”燕妮深情地望着尘生。就算是夜里，尘生也是星眸炯亮。

“那你现在就教我唱吧，我想和你一起唱。”尘生转过头来，含着笑看她。

“好啊。”北海的夜安静下来，天地间只剩了草虫儿的微鸣。燕妮迎着清爽的风，用纯正的英文演唱。

一遍之后，尘生的男声缓缓地和了上来，略带一丝的忧郁，细心地呵护着燕妮的声音，就像北海的湖水，一波连着一波，一浪赶着一浪……

唱得累了，两个人干脆躺在草地上数星星。

燕妮用手指给尘生看：“那一颗镶在白塔尖儿上的星星，你看到了吗？”

“看到了啊，那是牵牛星。”尘生也用手指着那一颗。

燕妮转过脸来，几乎贴上了尘生的面颊，认定他们指的确是同一颗。燕妮望着尘生：“迢迢牵牛星，皎皎河汉女。纤纤擢素手，札札弄机杼。终日不成章，泣涕零如雨。河汉清且浅，相去复几许！盈盈一水间，脉脉不得语。”

“真有诗意啊。”尘生知道燕妮的妈妈是意大利人，在她的爸爸欧洲留学期间，两人相识相爱，后来跟随丈夫回到中国在北平生下燕妮。燕妮长大后就读辅仁大学外语系，毕业分配到协和医学院教授英文。尘生从未想到燕妮竟有如此深厚的古典文学修养。

“我还知道这是一个美丽的传说，关于恋人的传说。”燕妮深情地望着尘生，仿佛在征询他的意见，今天能不能讲给自己听。

“传说中的爱情，结局从来都令人黯然神伤。”尘生翻身过来，清澈的眼眸倒映在燕妮的眼波里。曾经沧海难为水，除却巫山不是云。燕妮，今生今世，我尘生只爱你。

在这春风沉醉的晚上，两只年轻的手紧紧相扣，两颗相爱的心再也不愿分离。

四

一九四六年八月，琼岛春阴，杨柳依依。

“把你的相片也给我一张留作纪念吧。”尘生怅惘地把自己的照片交到燕妮手上。北海公园中的一草一木无不留印着他和燕妮的足迹，从永安桥上岛，游永安寺，攀白塔，然后绕到慧日亭，过陟山桥，这是他们经常走的小圈子。如果时间允许，他们就会环岛一周，从双虹榭到悦心殿，再穿阅古楼，过远帆阁，远远地便望到见春亭了。两年里，尘生无数次地挽着燕妮的手这样走，然后坐最晚一班车送她回家。只是因为内战的阴云死死地笼罩着北平，他不得不听从家人的劝告，决定到南京谋职去，他被逼无奈就要和自己心爱的恋人分别了。

“你什么时候出发？”燕妮的心疼得能拧出水来。

尘生更是心如刀绞，强掩着悲伤，沮丧地说：“车票是六号。”

“那就是明天了，那我随后寄照片给你。”燕妮的泪珠忍不住滑出了眼眶，她急忙扭过脸去，生怕尘生看到。“如果我想你，那可怎么办？”

尘生怎么会看不到？他的眼眶红了，将燕妮拉进自己怀里，悄悄地说：“你想念我的时候，就把我的照片拿出来看看，你还记得牵牛星和织女星吗？咱们把心里话说给它们听，对方自然就会知道了。”

是啊，自己爱尘生的故事多么像那个爱上放牛郎甘愿下凡的姑娘。尘生去到南方，这被战火笼罩的大半个中国又多么像那条难以泅渡的银河。牛郎织女每年都有鹊桥相会的七夕节，可我俩这匆匆一别，何时再相见呢？

“嗯，我记住了。”燕妮在尘生温厚的怀抱里使劲点头，抑制不住的泪水浸湿了尘生的肩膀。

尘生默望着怀里的燕妮，蓦然有了咫尺天涯之感。他心生苍凉，但听见苍凉的心底酿出了那首歌的曲调。他率先轻唱起来——

One day when we were young,（那时我们还年轻）
One wonderful morning in May,（在一个五月的美好清晨）
You told me you loved me,（你说你爱我）
When we were young one day.（我们曾经还年轻）
…………

尘生轻轻揽着燕妮的腰肢，身后湖面上画舫往来如云，好一派歌舞升平的景象。琼岛上的杨柳婀娜多情，却留不住明天就要离去的爱人。这一张合影，连它的主人也不晓得，竟然是两个人绚丽青春的最后一次相聚。

五

一九四九年七月，燕妮和妈妈几经流转终于抵达威尼斯。

在燕妮少有的行囊之中，最宝贵的莫过于尘生从南京写给她的情书。在初到欧洲最困窘的日子里，燕妮依靠着温习尘生的爱情顽强地挣扎过来。无论何时想起来，尘生写给她的每一个字都在熊熊燃烧，温暖着她的心。

燕妮，亲爱的人，我是如此热烈地爱着你，日夜思念你，正像你也爱我一般。自从离开了你，我每天都生活在郁闷的情绪里，我多么希望你能出现在我的眼前，让我千万次地吻你。可是我不明白，世界上为什么会有战争？战争为什么会要人分离？我想知道答案，我们什么时候才能重新相聚在一起？我祈求得到你的爱怜，为了得到你的爱怜，我宁愿粉身碎骨……

我的燕妮，整个的夜晚我都在默默地想你，想着你可能停留在千里之外的那个方向……啊，牵牛星，你可愿替我望一望爱人的模样？她瘦了吗？她相思了吗？她的泪痕干了没有？

这个恼人的黄昏啊！我的小燕子，我坐在落日的江边给你写信，整条长江都仿佛静谧无声，夕阳只照着我的手指，这个世界里只有我写给你的三个字——我爱你。

亲爱的人，还记得在双虹榭我们又一次找到了那颗牵牛星吗？如今唯一具体的安慰，就是你懂了我为你讲的那个动人的故事，我们一开始就把它决定为我们爱的标志，对不对？

早在去年，令燕妮意想不到的事情发生了，整个世界都在享受“二战”结束带来的宝贵的和平成果，可她的父亲却莫名其妙地把公职丢了。父亲年青时自动放弃了留在欧洲的机会，更没有想过返回马来西亚，而是义无反顾地选择回到了他的母国，从事教育工作，埋头苦干至今已有三十多年了，他获得的荣誉奖章都堆满了书柜。难道只是因为他娶了一位意大利女人吗？墨索里尼是法西斯，所有意大利人就都变成了不可饶恕的法西斯？接下来，燕妮也感受到了自己在工作中遭受的蓄意排挤，她助教晋升讲师的申请被扣压了，她的穿着装扮都成了同事们暗中议论的话题，甚至她披在肩头的波浪长发也被领导在大会上点名嘲讽。她实在忍无可忍，去领导办公室里理论，结果却是她被停职反省了。一家人突然中断了经济来源，生活陷入无尽的窘迫之中。事情还没有到此为止，听有些人故意透过来的耳风传言，她的父亲如果继续和意大利人生活在一起，等待他的将是更加悲惨的厄运。妈妈和燕妮无法理解这样的变故，只好选择背着亲人匆匆逃离。在最后时刻，她连夜赶织完给尘生的白色毛衣，绑成包裹寄了出去。而她竟忘记了随同寄去早已准备好的那张相片。

远在南京的尘生，近日寄出的信都被一一退回。查无此人！那个冰冷的红邮戳像一柄锋利的匕首，一次次剜着他的心。他不敢相信，自己心爱的女人就这样从世界上莫名其妙地消失了。

中华人民共和国成立了。一心追随南京政府的尘生最终没能拿到一张开往台湾的船票，他被遗弃在了满目疮痍的长江边。一路辗转，最后他又回到了阔别六年的故乡——一座渤海之滨的小城。第二年在姐姐的逼迫之下，心灰意冷的尘生再也无可坚持，勉强与多年前的一位女同学草草完婚。只是所有人都不能理解，大喜的日子里，尘生为什么要坚持穿着一件白毛衣。

六

一九五九年六月，戴河联峰山下一条小巷里，高高的榕树垂下来千万条根须。

初夏的阳光被古老的榕树切割成碎片，散落在海风吹拂的小岛上。尘生穿着一件肥大的白上衣，拎着一个黑皮包从巷子深处走来。穿过细碎而抖动的阳光，好似从时光深处漫步走来。

尘生一路向医院走去。他做梦也不会想到，在单位的传达室里有一封信正等着他，等着他拆阅，等着他回复，等着他再续前缘。

传达室的大爷神秘地叫住了低头走路的尘生，随手递过来一枚航空信封，嘴上说：“怎么会有这么花花绿绿的信封？”

尘生原本没有在意，听他这样一说，才专门又从皮包里掏出来看。他的心猛然狂跳不止，这是一封寄自意大利的信啊，在他和遥远的欧洲之间，只有一个她心心相系，那便是他日思夜想的燕妮啊！

尘生，你还好吧，原谅我走得匆忙，一切都没来得及与你细说。在回到欧洲的十年时间里，我和妈妈也在四处找工作，到处奔波，居无定所，因此也便一直没能与你写信。不过，现在好了，我们已经取得了意大利国籍，我也有了一份安稳的工作。你的工作单位和地址，我是从爸爸的来信中得到的，他一直独自生活在北京，这些年始终关注着你。如果你能收到我的信，望你忙回信，谈谈你的生活，好叫我放心。

燕妮

尘生躲到厕所里去，读着燕妮的信，哭了。虽然燕妮没有多写，但他能够想象得出，燕妮初到欧洲时的艰辛。一个柔弱的女子，离开自己的爱人，来到一个陌生的大陆，没有任何经济来源，风餐露宿，度日如年。在燕妮最难的岁月，自己却没能在她身边，想一想都令尘生的心痛如刀割。

整整一日，尘生都把自己关在办公室里伏案写信。一页一页地写，一页一页地撕，写着写着，脸上便露出了会意的笑容，可是笑着笑着，泪水又倏地滚滚而落。写到最后，他搁下笔，来到窗前怅望着榕花街上川流不息的行人。他紧咬着上唇，做出了痛苦的决定。他回到桌前来，拾起笔来继续写道：

燕妮，我已经结婚了，如今是两个男孩儿的父亲。想你也已经找到属于自己的幸福了吧，快来信给我说说。

尘生

燕妮的回信来得更为神速。除了祝福尘生之外，她对自己的婚姻只字未提。尘生翻看随信寄来的包裹里装满了奶粉和儿童玩具，心里明白了燕妮对爱情的坚守。而后每次来信，燕妮都会寄一些衣服和饼干来。那几年适值中国经济困难时期，正是依靠燕妮源源不断的供给，尘生一家大人孩子才得以生活周全。

这样的通信一直持续了七年之久。正是因为这一层海外关系的缘故，自然还有他为南京政府工作过的短暂经历，政治运动一来，尘生便被早早地戴上了“右派”的帽子，先是被关进了牛棚，后又被送到了一个荒无人烟的劳动农场。他被彻底剥夺了行医的权利，甚至连通信和发言的权利也丧失殆尽了。燕妮尽管一时间不晓得在遥远的中国大陆发生了什么，但她写出的信件如泥牛入海，她能想象尘生一定是陷入了无法摆脱的困境，于是便忍痛中断了与尘生的联系。

这是何其残忍的事啊！一对生死相依的恋人，已经被无情地剥夺了厮守一生的权利，难道他们远隔千山万水的问候都不被允许吗？

七

一九七六年隆冬，罗马八十四号街一处三层的小公寓。独居的燕妮收到了意料之中被退回的信件。退回理由是地址错误，查无此人。

燕妮知道十年之后，如果再想与尘生取得联系几乎是不可能的了。她将信缓缓地自行拆开，一字一句地读给自己听，又好像在读给不知身在何处的尘生听："亲爱的尘生，展开在我眼前的是你在一九六五年九月二十日写来的信，那似乎是我们的最后一次通信。十年的沉默，你还在榕花街社区卫生医院吗？迟疑了很久，我才敢下定给你写信的决心。这封短短的信，但愿你能读到它……"燕妮的眼睛湿润了，她知道，这短短的信，尘生是不可能读到它了。

燕妮不知道的是，几乎在同一年月，大陆上的运动平息之后，尘生也在第一时间开始给远在意大利的燕妮写信。七八封信接连从威尼斯被退了回来，尘生只好将信件揣在身上，无论走到哪里，他都会抽出时间坐在路边，为自己读上一小段："燕妮，你真的不在威尼斯了吗？你换了新工作，还是搬了新家呢？我虽然找不到你，但我相信你一定还在，在等着我的信，你也一定会写信给我的。"

又是二十多年过去了，燕妮想给自己的这段感情一个交代。她明白，这一生就这样吧，不能和相爱的人生活在一起，在告别这个世界之前，也总是要见上一面才不会留下遗憾。于是她将积攒了半生的积蓄拿出来，筹备一次穿越半个中国的旅行。二〇〇〇年，燕妮在阔别中国五十年之后，再一次回到了这片令她魂牵梦萦的大地。北京，南京，还有这座不起眼的北方海滨小城，她沿着自己生命和爱情的足迹一路寻来，总在夜深人静的时候，无端地憧憬着自己与尘生相遇的时刻。等她果真到了小城，站在戴河边那如诗如画的小巷里，她又变成了近乡情怯的少女，竟真的害怕尘生会倏然从哪一扇门里闪身而出，灿烂地笑着走到她的面前。燕妮想，我要怎么样呢？难道是要他离开自己的家庭和我一起走吗？年轻的时候，我都没有想过要他离婚，去给他的家庭和亲人施加痛苦，现在我又突然出现，这会让他和他的妻子儿女怎么想怎么办呢？

燕妮强忍下刻骨铭心的痛楚，没敢在小城逗留，如同一名来去匆匆的游客，踏上了离别而去的列车。当火车鸣笛出站，燕妮恨不得把小城的一切都能装进自己的行囊中。她知道，自己的余生只能靠翻捡这些回忆过日子了。

我看到了尘生每天看到的日出，我呼吸到了尘生每天呼吸到的空气，我站到尘生每天都要经过的海边，我的脚印踩在了尘生的脚印上，我的目光和尘生的目光有了重叠，戴河清澈的水面上有我的影子也有尘生的影子，望夫礁上有我的歌声也有尘生的歌声……燕妮安慰自己，我还能奢求什么呢？尘生啊，当我对所有的事情都感到厌倦的时候，我就会想到你，想到你在世界的某个地方生活着，存在着，我就还愿意忍受这一切。

车轮滚滚，却始终抵不过燕妮心中的旋律——

那时我们还年轻，
在一个五月的美好清晨，
你说你爱我，
我们曾经还年轻。
…………

八

五月的南欧，春光明媚，景色旖旎，山丘起伏，河水淙淙。

此时燕妮正聚精会神地望着车窗外飞逝的田野。车厢里恰好播放着好莱坞电影《翠堤春晓》里的曲子，燕妮陶醉其中，会心地跟着哼唱起来。

与此同时，一封只写有四句情话的短信随着航空邮件，从中国北方登机，一路穿越山脉河流，从亚洲向亚平宁半岛飞去。当这封洁白的信件像一枚羽毛那样轻盈地飘落在威尼斯一家古老的信箱里时，向信箱遥对着的小街口望去，正走来风姿优雅、面容清丽的燕妮。她来到信箱前，从容地放下手中的旅行箱，取出那封飞越万水千山的信件……他们终于可以在一起了。

这一场迟到了半个世纪的海滨婚礼，没有庆典，没有宾客，没有鲜花，只有两位皓首如雪的耄耋老人，静静地坐在银白的沙滩上。从北海湖畔到渤海之滨，用去一生的时间；从锦衣华年到白发苍苍，中间分离了五十八年；从亚洲到欧洲，迢遥万里之远。燕妮紧紧依偎在尘生的怀里，瞩望着远处海面上跳跃的浪花，温柔的海风中隐约传来那段熟悉的旋律，一对至死不渝的爱人仿佛又回到了一九四三年的那条林荫路上，回到了那个蓦然相撞而一见钟情的秋天——

当我们唱起春之歌，
歌声是如此的美妙，
你说你爱我，
那时我们还年轻。
当春之歌再次唱起，
又回忆五月的清晨，
可记得你曾爱过我，
那时我们还年轻。
…………

第 04 章

如果下辈子你还记得我

If You Still Remember Me in Next Lifetime

远远的
一城灯火似雨中的梨花湿了
夜色如墨汁般晕散开来
车窗像一块儿融化的冰
车厢摇晃着沉没在水里
身边的旅客
是陌生又安静的鱼群
刚才那一声汽笛
分明也带着颤动的波纹
好想给你写一封长长的信
比这无尽路轨还长的信
记下我领受的甜与苦
还有我明白
这世上有的路
要走只能是一个人

——《除了你，世界与我无关》

一

那天我为节目挑选的音乐是克莱德曼的钢琴曲《致爱丽丝》。

当曲子进行到第十个小节的时候，我回头示意导播将话筒推送上去，开始了节目的直播——

亲爱的听众朋友们，现在是晚上九点钟，感谢您准时打开收音机，锁定调频 1314 中波 520，收听由我为您主持的情感互动节目《最真的梦》，我是你们的老朋友小韩。

说到梦，说到梦想，首先我个人认为每个人的心中都是有梦的，都是怀揣着一个梦想的，或伟大或平凡，或恒久或短暂。每个人生命的动力可能都来源于要把心中的梦想变为现实。有的人一生只为一个梦想而奋斗，就像是一颗钻石，需要在地下埋藏几千年，才可能被挖掘出来，闪耀出夺目的光芒。而有的人的人生却是由一连串美丽的梦想连缀而成，就像一条珍珠项链，每一颗珍珠虽然并不起眼，但它们都是蚌含血泣泪的结晶。

说到这儿，我忽然想起了昨天节目里打进电话来的小伙子姜哲。昨天收听了节目的朋友一定对他也印象深刻。他的梦想就非常实际，很小，很容易实现。他说，后天，按时间推算的话也就是明天了，她的爱人，他习惯称女朋友，就要进行手术了。当然他们已经举行了婚礼，只是因为女朋友尚在病中，四处求医，他们还没机会步入洞房。目前他最大的梦想便是女朋友手术成功，让一个健康的她重新回到自己身边。多么实际的一个梦想啊！按照昨天姜哲说的，今天这个时间他应该在开往北京的列车上，很可能无法收听我们的广播，即使这样，我们也依然祝福姜哲和他的女朋友“白首不相离”，愿他们就像童话里结尾说的那样，从此王子和公主开始了幸福的生活。

这就是一个年轻人真真切切的梦想。欢迎朋友们在收听的同时，拨打节目的热线电话，把你的梦想与我们大家共同分享。

音乐渐强。今天直播的感觉很好，节奏不疾不徐，力道张弛有度。

二

有热线电话打进来，音乐变成了通话背景。

“喂，你好，这位朋友，请问怎么称呼你？”导播摁下开关，将对方的声音接了进来。

“你好，主持人，是我的电话吗？”对方是个女生，不确定是不是自己接通了电话。

我连忙鼓励她：“对，没错，就是你的电话。你怎么称呼？”

“我叫温静，朋友们都喊我小静。”小静的声音听上去有一丝甜甜的沙哑，疲惫中透着犹豫。

为了缓解她的紧张，我笑着说："小静，你的声音很好听，有点像沙瓤儿的西瓜。"

小姑娘笑了，笑声浅浅的，仿佛轻柔的溪水。不知什么原因，我一下想到了九寨沟里的珍珠滩。阳光里，溪水从高处缓缓倾泻而下，明媚而多姿，绰约而多情。我脱口而出："你去看过珍珠滩吗？你的笑声让我好像回到了那里。"

"我去过啊，是今年三月刚刚去的。我也喜欢珍珠滩的溪水。"从小静的声音里就可判断出，那应该是她期盼已久的一次旅行。

我为她略感惋惜，因为九寨沟最美的季节是秋天。我说："等你以后十月份再去，那里会更美的。"

"我知道，我怕……"小静说。

我抢她的话，问："你怕什么？没时间？三月能去，十月就能去，时间总是听你安排的。"

"谢谢你，主持人。我听你的，如果有机会，我一定还去，十月份就去。"小静充满感激地说。

"不用谢啊，"可是我却不明白她的感激从何而来："你不会告诉我说，你的梦想就是再去一次九寨沟吧。"

小静应该是个有主见的姑娘，她立刻回答我说："当然不是。我的梦想，需要主持人和我一起才能完成。"

我一头雾水，这是我主持节目多年第一次被拉进来，不再做局外人。

三

导播显然也被小静的话吸引住了，忘了切换广告，音乐的调控也不见了。

“你的梦想里还有我的事吗？”我好奇地问。

小静那端也安静下来，她说：“嗯，其实是我想请你帮我一个忙。”

我的节目互动从来没有以这样的方式进行过，我也来了兴致：“什么忙？怎么帮？”

“我想把我的梦想先寄存在你那里，请你好好地为我保存。”小静的语气中充满了忐忑，不知是害怕我会拒绝她，还是担心她的梦想马上就要变得人所共知。

在她的忐忑之中，我也变得不明所以了。梦想不都是用来实现的吗？为什么还要寄存呢？难道梦想也有生产日期？

我不得不确认一下：“小静，你的意思是，你的这个梦想现在说出来还不成熟，是吗？”

“不是，我已经经过深思熟虑了，必须现在说出来，不然的话可能就晚了。”小静的情绪好似有了些微的波动。我理解，当一个人在表达自己的梦想时，心里的小激动往往是很难抑制的。

“那为什么还要寄存在我这儿呢？”我笑了，“有寄存期吗？”

小静简短地说：“有啊，就一天，到明天这个时候吧。”

哦，原来是这样！今天就今天，明天就明天，一个梦想是不会在乎这小小的区别的。小静显然还是一个青涩稚嫩的年轻人，由她去吧。我不再纠缠关于寄存和日期的问题，单刀直入地问她："好的，小静，我答应你了，好好地为你保存你的梦想。"

小静打断了我："不仅仅是保存，如果一旦启动了梦想，你还要帮我完成它。"

这个孩子还有点儿任性，我当时就是这样感觉的。我哄她说："没问题，明天这个时候不就见分晓了嘛。现在你来说吧，你的这个梦想到底是什么？"

小静的回答令我吃惊：我要为我的老公征婚。我为之一震。

四

在短短的两秒钟之内，我理清了小静那句话里的人物关系。小静要为她的老公征婚，小静又是她老公的爱人，老公征到了新的女友结婚，小静便会被无情抛弃。可是我实在想不出小静这么做的动机何在。这是年轻人的行为艺术吗？这是为了艺术而牺牲自己的幸福吗？还是说这是想利用我们这个热播节目排演一场非典型意义的作秀？

我的职业道德告诉我，耐下心来，先听下去。

我轻描淡写地问："你不爱你老公了？想把他转手送人？"自己问完这句话，心里暗自嘲笑，这算是什么问题呢？可是在小静的梦想面前，我这样想这样问不也是人之常情吗？

"我深爱着我的老公，并且将永远爱他。"小静的呼吸深浅不均，好像有话急于表达。

我迷惑不解："小静，你确定你现在是清醒的吗？"

"我非常清醒，主持人，我说的每一句话都是真心的。"小静不得不停下来面对我的问题。

她深爱着她的老公，可梦想却是为她的老公征婚。这不是什么清醒的逻辑。为了舒缓小静的情绪，我采取了迂回战术："小静，是这样，如果你清醒，请谈谈你和你老公是怎么认识并相爱的，好吗？我想这也是听众朋友们都十分关心的话题。"

短暂的沉默之后，小静开始了讲述——

大家可能不信，我和我的老公是微信摇一摇摇到一起的。三年前的九月二十号，我因病躺在医院里已经将近一个星期了，身体正在做着手术前的各种调整和准备。因为病的缘故，每天凌晨三点钟开始，我都会被头疼折磨醒来，再也无法入睡，无数个漆黑的夜里，我闻着病房中的药水味道，绝望地看着天光一丝丝爬上窗台。如果你没有在那个时间里认真地看过夜的黑色，你便不能体会到我内心的孤独。我对抗着周身的折磨，忍受着欲裂的头疼，我想是不是人在临死的时候，就是这样一种状态。可是我还那么年轻，好多事还没有经历，我长得又不丑，还从未收获过一个男子给予的爱情，便这样离开这个世界，该有多么可惜！于是，那一刻，我鬼使神差地拿起枕边的手机。朋友们可能不知道，平日里我很少看手机的。我翻开微信，打开了摇一摇，借着屏幕的微光，在如墨的夜里轻轻地摇晃了一下……

五

“嘟”的一声，屏幕上跳出了一行字：珍惜人生，距离你一公里。啊！世界这么大，夜色这么黑，人口这么多，竟然就有这么一个人真的选择在同一时刻与我一起摇响了手机。珍惜人生，是啊，人生短暂，匆匆而过，多么需要珍惜啊！只有懂得生命脆弱的人，才会由衷地说出珍惜人生吧。一公里，这么近，毫不夸张地说，这是一碗粥的距离啊。难道这真的是那个可以带给我温暖的有缘人吗？想一想，我的脸都开始泛红了。

正在我犹豫的时候，想不到珍惜人生竟然发过来一声问候：嗨，勤劳的人，早起的鸟儿有虫吃。

这不是交朋友的节奏么？听这一声问候，我心里又感觉亲近了些。反正头疼也不让我去睡，干脆就回个话吧：对不起，我是早起的虫儿。

对方很快回复：哈哈哈，你真逗，我吃定你了，交个朋友吧。

于是，我们很快就成了微友，再聊天时，竟觉得有点儿像是久未谋面的老朋友了。这样的感觉真的有一点点儿怪，说不上来的怪，就像是你早就认识他，多少年之前就认识，甚至是上辈子就认识。那个早晨，我们聊得很投机，你一言我一语，有来有去，我都忘记了头疼，整个人好像一直被太阳照着，浑身暖暖的，根本就不像是一个病人。对了，这句话，是早晨来为我测量体温的小护士说的，她看到我在聊微信很是稀罕，看我聊得认真，她由衷地笑着说的。主持人，你在听吗？

我如同是从那个黑夜中翻身起来，听到小静在问我，我忙着回应她："小静，我在听，我们都在听。"

"你们不说话，我还以为都睡着了呢。"小静一个人在夜里待久了。

我安慰她："我听得入迷了，我无法想象你在夜里摇到一个好朋友是什么样的感觉？我在想，那种一见如故或者相约来生的感觉究竟是什么样的。"

小静在电话里得意地笑着。

我忽然想到了一个问题，忙不迭地问她："你说你入院是为了准备手术，什么手术？"

"开颅手术。"小静停止了笑，云淡风轻地说，"四级脑瘤。"

六

四级？恶性程度最高就是四级了吧。我吃惊之余，小人之心地想，小静的男朋友一定是得知她的病情后顺水推舟知难而退了。不承想，小静仿佛看穿了我的心思，接下来讲起了男朋友来医院与她见面的情景——

我以为我说出病情的时候，也就是这一段友谊画上句号的时候。即便真是那样的话，我也一样感激他。毕竟是他每天准时出现在微信里，陪着我度过了那么多漫漠难熬的长夜。他讲故事，告诉我外面世界发生的新鲜事，转发给我发生在世界不同角落里的爱情，还每天给我奉上一碗人生鸡汤，提醒我人生需要珍惜。可是，我知道，我不能拖累他，更不能陷他于无情不堪的境地。于是，在我上手术台的前一天，我便谎称出门开会，切断了与他的微信联系。因为连我自己都不能确定，我是否能活着下来手术台，我不该奢侈地占有别人的爱情，那样太过自私。

可是当我第二天从手术中苏醒过来，脑海中第一个闪现的竟然是“珍惜人生”四个字。我的头上包着厚厚的纱布，身上插满了各式各样的管子，周身就像是从沸水里捞出来一样刺痛无比，可我还是禁不住想他。我知道我没有死，我活过来了，每每想到他，我便开始后悔对他说了谎话，我不该瞒着他，我不怕把自己的病情告诉他，就算他选择离开我，我也不恨他。那个时候，我只想让他来医院看看我，为我送一束百合花。我只想看到他的模样，看着他的眼睛，亲口告诉他，我真的好喜欢他。

七天之后，我终于离开了重症监护室，转移到了普通病房。推送我的护士刚一出门，我便迫不及待地打开手机，点开微信一看，如同原子弹爆炸，在“珍惜人生”一栏里赫然标着红色的九十六条信息。

读着他关心我的每一声问候，我热泪滚滚。主持人，你也许不知道，我得了脑瘤，泪水早已流干了，我原以为我再也不会哭了。

我不想骗下去了！我无比勇敢地回复他：一公里之内有哪家医院，你来吧，我在脑外十二病室二十三床，等着你。

最后是一个龇牙的坏笑。

七

等他到来的过程漫长得如同一个世纪，我甚至都做好了他托词不来的准备。可是，他有如神速，怀抱着一束洁白如玉的百合花出现在了我的病房门口。他径直朝着我走了过来，我惊呆了，我的心怦然一动，用目光紧紧拥抱着他，一刻也不愿松开。

“小静，祝你早日康复。”他把鲜花放好，坐下来，体贴地望着我。

我伸出苍白的手，握住他伸过来的手，刹那间便如沐春风。我说：“谢谢你来看我。”我想说珍惜人生，又觉得这是现实生活不该叫他的微信名字，于是笑笑说：“我还不知道你的名字呢。”

“我叫姜哲。”他告诉我。

“主持人，你说巧不巧，姜哲为什么也会在早晨醒来？为什么又会出现在离我一公里之内？原来他的妈妈也在这家医院住院，是肾病，与我同一座病房楼，在五层。他为了照顾妈妈，在医院旁边租的简易房，每天早晨三点钟起床，要为他妈妈熬一种特制的粥。”

真是太巧了！我感叹，同是天涯沦落人啊。我说：“小静，你知道吗？昨天打进电话来的一位小伙子也叫姜哲，他的梦想就是希望女朋友手术成功。”

“主持人，昨天的节目我知道，那就是我老公。可是今天的节目他不知道，因为他在赶来北京的火车上，听不到。”小静的声音听起来有一丝沾沾自喜的小得意。“就这样，我们相爱了。原来我打定主意，只相爱不结婚的，毕竟我脑部的肿瘤随时都可能复发，也就意味着我随时都可能丢掉性命，我不想留给姜哲太多的悲痛。可是他对我那么好，每天打热水给我泡脚，为我按摩压疼的腿。他还要照顾好他的妈妈，他太辛苦了，我多想帮帮他啊。等我能下地行走了，我真的和他一起去看望他妈妈了，他妈妈也喜欢我。”

小静又笑了。我回想一下，除了个别几个地方，好像从电话接通后小静始终是笑着的，哪怕是含泪的笑。

“你和姜哲什么时候结的婚？”我问。

小静甜蜜地回忆着，满心幸福地说：“就在今年三月啊，去九寨沟就是我们的蜜月旅行。姜哲有时会背上我，从冰封的长海走到五彩池，我们在镜海一直坐到日暮时分。那个时候，我就在想，如果下辈子姜哲还记得我，我一定还要嫁给他，用一生一世好好地去爱他……”

八

片刻沉默之后，我不得不再一次切入正题。

我担忧地说：“除了手术，不能保守治疗吗？”

小静笑一笑：“肿瘤已经压迫我的视神经了。主持人，你看不到我，其实我的眼睛都是斜的。肿瘤发展得太快了，不手术会死得更快。”

我问：“小静，你这次手术的成功概率有多少？医生告诉你了吗？”

“这个我知道，我有百分之八十多的可能下不来手术台，在百分之十几的成功里还会再行复发，因为我这是第二次开颅了，以后也不会再有机会了。”小静冷静得如同在谈论别人的病情。

我非常心痛，这么低的存活率，小静说话做事还能如此按部就班，不慌不乱。我调整好心态，不想带给阳光乐观的小静丝毫负面的影响。我假装笑了笑，笑得实在难看，我半开玩笑说：“那你想为你老公找个什么样的新媳妇呢？”

小静早就成竹在胸了，她说：“我老公真的是世界上最好的男人，我的条件也不苛刻，贤惠，听话，懂事，能孝顺他的妈妈，能好好照顾他，有这几条就好了。”

直播时间马上就要结束了，考虑到小静明天还有如此重大的手术，我们没有把节目延长。我狠了狠心，最后给小静一段时间，我想她一定还有想留给她老公的话。

“主持人，这几天我偷偷练了一首歌，想作为礼物，在我老公的婚礼现场送给我老公和他的妻子，你能帮我完成吗？”小静央求道。

我潸然泪下。我说：“小静，但愿你的礼物能留给你自己。不过，我一定要满足你的这个愿望，你唱吧，我们节目为你录制下来。你唱一首什么歌？”

“歌名叫《给你们》。”小静那边安静下来，我仿佛听到了她的呼吸——

他将是你的新郎，
从此以后他就是你一生的伴，
他的一切都将和你紧密相关，
福和祸都要同当。
她将是你的新娘，
她是别人用心托付在你手上，
你要用你一生加倍照顾对待，
苦或喜都要同享。
一定是特别的缘分，
才可以一路走来变成了一家人，
他多爱你几分，
你多还他几分，
找幸福的可能，
从此不再是一个人，
要处处时时想着念着的都是我们，
你付出了几分，
爱就圆满了几分。
…………

电话里的小静已是泣不成声，哽咽之中，她还不忘怪罪自己："哎呀，主持人，我没唱好，我本来练得好好的，我唱成这个样子，怎么在我老公的婚礼上给他们送祝福啊！"

我是第一次在节目中控制不住自己的眼泪，失声哭了起来。我安慰她说："小静，你唱得很好，我一定保存下来，在你老公的婚礼上送上你的这份祝福。只是，我希望这首录音永远派不上用场。小静，我们一同等你老公在明天这个时候打进来电话，告诉我们你手术的结果。”

小静最后哭着说：“主持人，你一定要帮我完成我的心愿，帮我老公找一个好女孩儿，好好地爱他。如果下辈子，我老公还能记得我，我一定等着他。”

待导播关闭了小静的通话，我头脑一片空白，麻木地结束了今天的直播：好了，各位听众朋友，由于时间的关系，小静的梦想就与大家分享到这儿。在接下来的一天时间里，让我们共同为美丽、善良的小静祈祷和祝福，让我们共同期盼明天同一时间能够收到小静手术成功的好消息。珍惜人生，珍重爱情，朋友们，晚安。

第 05 章

除非一开始，就不曾开始

Unless No Start at the Very Beginning

亲爱的，我和你
像不像两根
佛前经筒里的竹签
相遇的时候
早已被写上各自的命运
求取之后
又将分属不同的两个人
佛端坐在莲花台上
颔首低眉
俯视着我们
看我们演绎
什么是生老病死
什么是求不得
什么是爱离分

——《除了你，世界与我无关》

一

“男神，球场上你真的好帅！加油！”

何南刚刚转学到大同来，整个校园里也没有几个认识的同学，就收到了这条莫名其妙的短信。虽然他认为这有可能是哪个同学的恶作剧，但他仍然很喜欢，偷偷地保留下来，没舍得删。

何南喜欢打篮球，每天下午课外活动时间，他不像有的同学还抱着书本在教室里啃，他一定会换好运动衫，将篮球在手指上捻得飞转，旁若无人地逆流而行。他个子高高的，皮肤天然得又细又白，走在一排挺拔的白杨树下，引得路过的女生们齐刷刷地回眸。那欢喜的目光也像风中的树叶一样，会发出整齐而清脆的声响。

打篮球是何南自我减压的方式。毕竟高中的生活实在是太枯燥无味了，整日三点一线：宿舍、教室、食堂。长此以往，人不自觉地就变成了冰冷梆硬的机器，每张脸上都仿佛戴着厚厚的面具，读不出任何感情色彩。何南可不想将自己置于重压之下，一天天也变成这个样子。于是，不管学习再忙再累，他都会想办法，到球场上跑跑跳跳，舒展舒展蜷缩了一天的筋骨。在明亮的秋阳里，何南健步如飞，闪躲腾挪，急转急停，高高跃起，顶肘压腕，篮球划出一道漂亮的弧线，就像一只跃出水面的海豚，一头扎进小小的篮筐里，洁白的篮网向上抖了一下，好似一朵洁白的浪花。

“好球儿——”远远的甬路那边传来了喝彩声，何南扭头看见是一群长发湿润的姑娘。她们穿着五颜六色的裙子，手上抱着五彩缤纷的脸盆，刚从学校的浴室回来。何南落落大方地高举着手，向姑娘们致意，他大声喊着：“谢谢啦——”

当天晚上，何南收到了第二条暧昧短信：“男神，你的声音好动听啊！不过，光球打得好还不行，学习也要加油哟。”后面缀着一个笑脸儿。

何南在想，这短信的主人一定会是那群湿漉漉的姑娘中的某一位吧。

二

期中考试成绩出来了，全年级八百人大排名，何南不出意料地排进了前五十。除了何南自觉正常，几乎全校所有人都感到这是个大大的意外。

“哟，男神，真想不到，篮球打得好，学习还这么棒！看来是我担心多余了，我应该考虑一下自己的成绩了，不然怎么能跟你考上同一所大学。”后缀一个吐舌头的调皮表情。

反复接到这样的短信，何南不得不有些认真了。周末的时候，他特意去到学校附近的营业厅查询，可惜他不能出示身份证，营业员拒绝了他的所有请求。

他当然不会死心，好奇心驱使他想方设法也要找出短信的主人。来到操场上，他沿着长长的跑道徘徊，最后下定决心给这个号码打个电话。他心里想好了，无论是男生还是女生，他都会和对方交个朋友，相互关心，相互鼓励，一同来应对艰苦卓绝的三年高中生活。

电话通了，可始终没有人接听。连续拨打了几次，都是这样的状态。他放弃了通话，改为短信联络。他一字一句地编写，确认之后发送过去："请问你是谁？我想和你交个朋友。"

然后几天没有了回音。何南想，或许是自己主动出击，吓退了对方。正在他小有得意、认为警报解除的时候，没承想短信回来了："我们已经是朋友了，至少我已经把你当作朋友了。有一天，你会知道我是谁的，只是不是现在。"

何南赶紧回过去："我们认识吗？为什么不是现在？"

"你不认识我，可我认识你。你问为什么不是现在，因为现在不允许谈恋爱呀。"后面跟着一个捂着嘴偷笑的表情。

这个偷笑的表情搞得何南辨不清是真是假，又见不到对方真面目，只好还是当作一个恶作剧好了。从此以后，何南该吃饭吃饭，该睡觉睡觉，该打球打球，再收到这位神秘朋友的短信，他干脆连回也不回了。

不过，突然有一天，何南发现自己又多了一种减压的方式，不方便打球的时候，他会从头至尾地翻一遍这位朋友的短信，读着一句句崇拜的话语，看着一个个欢喜的笑脸，心情顿时大好，接下来，轻装上阵，以利再战。

他只身一人，在这个人地两生的学校里打拼，想想有个人还默默地关心着自己，他真的有一些感激这位不曾谋面的朋友了。

三

高考结束了。走出最后一科的考场，何南迫不及待地给这位朋友发过去一条短信：谢谢你这三年来给我的鼓励和帮助，我都数好了，这三年时间，你一共给我发了整整二百一十八条短信，如果没有你，我可能都坚持不下来。今天，我们都高中毕业了，总该让我认识一下你了吧。

“男神，我正想联系你。我知道你家里来人接你了，你先回老家。咱们约定填报志愿时见面吧，届时我有一份礼物要送给你，当然这份礼物本来只属于你。”这次短信不同，最后多了一个落款——远远望着你的人。

何南看到最后，赶紧抬头四处寻找。偌大的考区里，考生们一齐涌了出来，校园里人海茫茫，像潮汐一样，忽聚忽散。又好像一部沉在光阴里的影片，时浓时淡。何南感到天旋地转，这真最是无情，到哪里去找那一双眼睛那个人？

在家里憋闷了十多天，何南再也坐不下去了。白天黑夜他的脑子里总有一个人跳来跳去，就是不让他看清脸。他心里像是揣着十八只小兔子，从早到晚不识闲，跳得他心慌慌，这真的是他从来不曾有过的人生体验。好不容易挨到填报志愿那一天，他揣着高考分数早早地赶来大同，到了学校，一个人来到空旷的操场上，按捺着激动的心情给那位朋友发短信："我在操场上等你。"

六月末的太阳渐渐地暖了，校园里同学们越来越多。何南孤独地坐在篮球架下，猜想着那位同学迟迟不来的原因。从三年的短信中，他几乎可以断定对方就是女生，可是她会是那群花儿一样的姑娘中的哪一位呢？

远远的，沿着跑道真的走过来一位姑娘。何南用手遮着阳光看过去，他认出了这位姑娘。姑娘三年来几乎天天到操场来跑步锻炼，除了那次捡到何南丢在球场上的手机，他们两个几乎从来不说话。他打他的篮球，她跑她的步，谁也不多看谁，更谈不上有什么交集。不过今天何南打算主动和姑娘打声招呼，毕竟同学一场，从此就天各一方了嘛。

"嗨，你好。"看到姑娘来到近前，何南站起来走上前去。

姑娘修长的身材，大大的眼睛，两只小小的酒窝儿，停在何南对面，歪头笑着看他，不说话。何南在心里偷偷地责怪自己，姑娘这么漂亮，在身边晃悠了三年，自己竟然没有发现，这是多么不可饶恕的罪过！

四

爱情降临的时候，就像一只悄无声息的小猫儿，你可以嗅到它的气息，感知到它就在你身旁游走，但你却看不到它，更不要说捕捉它飘忽无定的身影。

那位神秘的朋友正是这位美丽的姑娘。她大方地伸出手去，调皮地说："男神，我是姚梦洁，现在总可以让我握握你的手了吧。"

何南听了一震，惊讶地说："姚梦洁，是你？"半天缓过神来，才把手伸给她，"祝贺你啊，考得那么好。"

梦洁也笑了："你考得也不错啊，要是没有你紧追不舍，我的成绩也就一般般了。"

说着话，梦洁一直藏在身后的另一只手这才缓缓地拿出来。动作那么慢，原来是手提袋里装着两大本厚厚的笔记。何南低头一看，是带锁的笔记本，不用说，这是藏着少女心事的日记本了。

梦洁仍旧很大方，她笑着说："这是我高中三年的日记，为了向你表示感谢，喏，把它们送给你了。"

何南本不是害羞的男生，可是面对如此深情的礼物，他一时脸红耳热起来。

姚梦洁将手提袋往何南怀里一塞，一副"是你的，就是你的"不容置疑的表情。她接下去又问："你选好志愿没有？你想去哪个大学？读什么专业？"

何南这才回过神来。他们今天约定见面，不是在心底还藏着一个不曾明说的约定吗？两个人要填报同一所大学，到大学里去继续他们的爱情，从此开始，牵手一生。

何南知道，依照梦洁的成绩她完全可以报一所北京的大学，而他却一直向往西安一所名校。他在心里有所犹豫，这样会不会耽搁了梦洁的前程。他平生第一次撒谎，竟然是对一个追求自己的优秀女孩儿。他支支吾吾地说："我还没拿定主意。你呢？你想去哪里？"

姚梦洁看出了何南的顾虑。她不想让何南背负上什么压力，于是轻松地说："我也是，明天再定吧。"

在一家简易的宾馆小房间里，何南借着昏黄的台灯仔细地读着姚梦洁的日记。他发现，每天的记录里总会有自己出现，他的举手投足，一颦一笑，都不能逃过她的眼睛。甚至他站在什么地方，阳光从哪里照射下来，她都看得一清二楚。何南忽然想起了书上的一句话——最令人感动的事，莫过于连你自己都忘了的某句话、某件事、某个微小的心愿，却被一个人意想不到地长久记在心上，念念不忘。

何南感动得一塌糊涂，他不再犹豫了。只是此时夜已深，他不便电话打扰，想想还是按下一颗兴奋不已的心，只发给梦洁三个字："我爱你。"

推窗凝望六月的夜空，繁星汇成璀璨的银河，或远或近，似偶遇，似重逢。

五

录取通知书发来的时候，全校的师生都在为姚梦洁填报的志愿感到惋惜。只有何南知道，梦洁是在为爱情做出牺牲。何南在心中暗暗发誓，自己一辈子也不会辜负梦洁的爱。

大学军训结束没有多长时间，课程刚刚步入正轨，梦洁约何南周末的时间一起出去打工。何南和梦洁的家庭虽然都说不上富裕，但也不至于需要他们打工挣钱来积攒学费。只是何南见梦洁外出打工的决心已定，他实在是担心梦洁一个人到社会上闯荡,感觉还是两个人在一起更安全一些,于是他勉强同意了。

那个周末的早晨，何南早早地被梦洁叫醒了，两个人简单吃了早饭，便乘公交奔钟楼广场而去。梦洁联系的门店原来是钟楼地下通道里的一家手机店，每逢周末便搞一次宣传促销活动。梦洁在通道里发传单，何南依照吩咐去站充气娃娃。仅仅站了二十分钟，何南便觉得自己的双腿又木又麻，充气娃娃里没有任何转身的空间，人只能是一个姿势一站两个小时。一想这漫长难挨的时间，何南就感觉犹如大山压顶，人在濒临崩溃的边缘。可他从小小的视窗里看到，衣衫单薄的梦洁站在秋风劲吹的地道口，不厌其烦地给路人做着介绍，却也不见有人理会她的话，那股可怜劲儿可比他躲在娃娃里还要难受几分。只是梦洁从来不因为没有人停下来而放弃自己的工作，她一直是那么努力，对每一个经过的人脸上都挂着和暖的微笑。何南一看到梦洁，便忘了自己，难熬的两个小时竟然也就过去了。

当何南被别人从充气娃娃里替换出来的时候，他第一时间跑到地道口处，给梦洁买了一杯热气腾腾的奶茶。梦洁笑着嗔怪他说："咱还没挣钱呢，你倒先把钱花出去了。"

何南抢过梦洁手中的宣传单说："你去找个背风的地方坐一会儿，我替你发出去。"

梦洁捧着奶茶说："你站着动也不能动，你去坐一会儿吧，两个小时后又该你上岗了。"

就在他们相互推让的那一刻，何南想到，这个姑娘能吃苦，知道心疼人，无论多么苦，我都要在身边陪着她，给她幸福。

六

大二的时候，何南在校园旁边开了一家炸鸡店。每天下午六点到九点半营业，那也是他和梦洁一天里最忙碌的时候。

将近十点钟的时候，校园周边都安静下来。小街上只有一盏灯在打烊的小亭里还固执地亮着。这个时候正是何南和梦洁盘点结算的时候，整的零的，一百，五十，十元，还有一元，都分门别类地码好，梦洁数大张的，何南清点小票。然后留足明天进货用的本钱，微薄的利润都交给梦洁保管。刮风了，下雨了，两个人手挽着手从小亭子里走出来，伸伸懒腰，甩甩胳膊，仿佛把这一身的疲惫都抛到九霄云外去了。有时在雪化成水又冻成冰的街道上，空无一人的夜里，何南就会让梦洁蹲下来，像是拉爬犁那样，拉着梦洁小跑起来。整条小街上只有他们两个人，好像整个世界也只有他们两个人了。他们无所顾忌地说笑，打闹，有时遇到一个雪坎，两个人一个趔趄摔倒了，那就干脆在雪地上坐一会儿，你看看我，我看看你，两个人都在想，生活永远这样下去就好了。

忽然有一天，梦洁在校园的贴吧里读到了一个失学女孩儿的故事。帖子的主人和失学女孩儿都生活在一座大山里，小女孩儿学习很优秀，父母在外地的煤窑打工，先后得了尘肺病死去。她跟着年迈的爷爷奶奶生活，如今家中唯一的劳动力爷爷又病倒了，她的家完全失去了经济来源，实在没有办法，也只能辍学了。帖子的主人感叹说，他知道每年大山里都会有无数的孩子失学，他们永远只能生活在深山里，一辈子也没有机会看到外面的世界。这个优秀的小女孩儿只是失学人群中的一个小小的缩影，希望同学们能少看一次电影，把电影票钱省出来，帮助这个小女孩儿一家人先来度过眼前的春节。

第二天梦洁和何南讲到这个故事的时候，眼泪还止不住地掉下来。何南知道梦洁心里是怎么想的，还不等梦洁说出来，他便安慰她说："你别哭了，咱们虽说不舍得看电影，可是帮帮她还是没问题的。"

从那个月开始，梦洁和何南每个月都会从微薄的利润里拿出五百元钱，资助那个女孩儿一家人。从女孩儿写来的感谢信里，他们知道，爷爷的病慢慢好起来了，女孩儿省吃俭用又回到了学校。他们决定资助这个女孩儿到大学毕业，一定要让她走出大山，领略到世界的精彩。后来校园周边清理摊点，他们不得已将炸鸡店关了。为了不放弃他们对女孩儿的承诺，两个人哪怕是在准备考研期间，也要保证一个人出来周末打短工，为女孩儿筹措学费、生活费。

就在研考前夕，梦洁突然病倒了，低烧不止，浑身无力。可她为了不影响到何南，选择了隐瞒下来，什么也没有说。

七

本来两个人说定，在大四这个寒假里去见见双方父母的。他们也已商量好，报的都是本校的研究生，凭两个人的成绩，通过考试几乎是板上钉钉的事。可是梦洁放假一回家，就在家人的陪同下去了北京，一连串的检查下来，最不想看到的结果，还是白纸黑字地写在了诊断书上——白血病。

“约定时间让爸爸妈妈们见个面吧。”——就在拿到结果的同时，身在北京的梦洁手机里收到了何南的短信。真不知道这只是一个巧合，还是两个人有心灵感应。望着何南写给她的每一个字，梦洁的心一点点碎裂开来。

点开回复，梦洁艰难地打下一个字：“好。”接下来，她快速思考着，是将真相告诉何南，把何南的未来与病魔捆绑在一起，还是继续隐瞒，慢行缓兵之计，想出万全的放手之策，还何南一个新的开始。就在这短短的回复时间里，梦洁好像是经历了一个漫长的世纪。

她继续写：“我在外地帮导师搞一个调查，时间可能不允许，等回山西再说吧。”按下发送键之后，梦洁蹲在医院的洗手间里泪流不止。她不敢哭出声响，害怕爸爸妈妈听到心疼自己。她明白，这一条短信发出去之后，她和何南今生的情缘就只能到此为止了。

医生问她准备好化疗了没有，最好是年前能做一次，这样病情还能稍稍得到控制。当她得知化疗的副作用之一便是脱发时，她说服了爸爸妈妈要年后再来。父母以为女儿爱美，哪里愿意在亲人欢聚的时候病态尽显，便勉强同意了梦洁的请求。其实梦洁的心里还在为她如何不留痕迹地拒绝何南打算。她知道过年那几天，自己不可能不与何南见个面，她担心何南看到她脱发的样子，那样的话自己所有的努力都会前功尽弃。她想好了，这次见面时她一定要有意无意地透露给何南一个信息，自己的父母不太同意他们的交往并在积极地为她张罗对象。她要让何南知道她现在很为难，她会慢慢地做通父母的工作来接受他。这便是她第一步的计划，后面的情节会一步步跟进，直到让何南不忍心看到自己陷入与父母决裂的痛苦之中，因为心疼她而做出让步。

不出所料，春节时何南果然来了。梦洁强打起精神约他又去云冈石窟游玩，那也是高中毕业那年他俩一起去过的，想想都快过去四年了。四年在人生中只是短短的一瞬吧，可是对于梦洁来说，这四年却又意味着那么多，多得让她一言难尽。

天气有些冷，景区里游人可数，中间有两洞石窟的大殿正在修缮。何南牵着梦洁的手一路走来，他说："想不到佛身也要维护啊。"他的玩笑，她听得心里万古荒凉。直至走到西头看了最后一窟大佛，她收敛好情绪才说："是啊，佛在这里一立千年，多少人是他的偶遇，又有多少人是他的重逢啊。"

何南扭过头来看看梦洁，眨着眼说："都成诗人了，今天这么煽情。"

梦洁不理他的话，继续说："人和人也一样，偶遇，重逢，缘分各不相同。"她由着何南死死地拉住她的手不放，心里想，再由他这一回吧。

八

大年初七，医院恢复正常上班，梦洁便和父母一起去了北京，开始了第一个疗程的化疗。她事先给何南发过两条短信。其一：

这个春节被迫相亲，是爸爸朋友家的儿子，不敢不去。其二：终于从相亲中逃出来了，想想还要帮着导师做课题调研，累也是一种幸福啊。

不知何南注意到没有，这是两条不同以往的短信，姚梦洁第一次在短信中省略了两个字——男神。她在想尽办法试图退出男神的视野，就像当初她一厢情愿地闯进来一样。

就这样，姚梦洁从何南的生活里蒸发不见了。新学期没来，问遍她的导师也没人知道她在为谁做课题调研，手机换了号码，家里也大门紧锁，几次前去，何南都只见到一个冰冷的铁锁……直到半年之后，他收到一个没有寄出地址的包裹，包裹中有一封信和一本日记。

何南，请原谅我的不辞而别。当你读到这封信的时候，按时间计算我差不多已经在法兰克福机场了。你知道，法兰克福机场的咖啡一向很好，说不定当你展开信纸时，我正手握着一杯醇香的咖啡望窗外的阳光呢。我这次赴欧留学，全是他父母的安排。我说的这个他，你可能不记得了。他父亲和我爸爸是多少年的朋友了，在我们很小的时候，他们两个人就曾有意缔结这门亲事。后来因为工作的关系，两家渐渐联系少了。也是最近两年才知道，爸爸的这位朋友在外地做了高官，又调任回到了当地。何南，这不是一个女版陈世美的故事，你也知道我并非嫌贫爱富、依附权贵之人，可是你更应该知道，我是一个孝女，不愿意违背爸爸和妈妈的心意。于是这半年我无法面对你，选择了在你面前消失。我这次出国也不打算再回来了，我希望在我忘记你之前，你能忘了我，找个爱你的姑娘好好过日子吧，这样我的心里还能好受一些。你看，我是一个多么虚伪的人啊。记着帮助那个山里的女孩儿，钱在卡里，卡在日记本里。多说无益，就此打住了，请你将我看作你生命中的一次偶遇吧。

何南略感麻木，根本想象不出法兰克福机场灿烂的阳光。他忽然想起来了，确实有一本时尚杂志里写过机场的咖啡，那浓香也像他人生中的这一次偶遇似的缥缈而散了。放下信纸，随手翻开日记本，读着无数个自己的名字，眼泪便汩汩地淌下来了。他想，把所有关于他的东西都剥离她的生活，这应该是一个最后的告别吧。

一张银行卡掉了出来，与卡同时落下的还有一绺长发。何南泪眼蒙眬，没有看清这一绺头发不是整齐地剪下来的，而是因为化疗造成的脱发。

第 06 章

此生好长，你最难忘

The Most Impressive One Is You in This Long Life

雪花纷纷扬扬
在雾霭中或飘或落
思念像一只伤心的红脯儿
栖息在你的窗口
翅膀被打湿了
远远的操场边
悬铃木的叶子不堪重负
轻讶一声
跌离了僵硬的枝柯
玲珑的果实
裸露在风中
恰似我无处躲藏的心事
一枚枚守口如瓶
依旧沉默

——《除了你，世界与我无关》

一

一见钟情！

四十三年之前，就连乔广恩自己都不会想到用这样一个成语，来准确地形容他第一眼看到祁虹时的心情。

他只是为她感到惋惜，为她感到莫名的委屈。时隔四十多年，他一想到这些，心里还在隐隐作痛。那么好的一个女子，就因为父母被送去劳教，便给人从省团毫无缘由地发配到最偏远的小城里来。她的扮相，她的身段，她的唱做功夫，在青年演员里都绝对称得上是一流的，这是多么难得的可造之才啊！

回到宿舍里，乔广恩又会替自己草率的婚姻感到万分惋惜。如果自己还没有结婚，还是一个响当当的自由之身，他多么想站出来去保护这个叫祁虹的女子。可是他已经丧失了这个资格。他懂得，他要尽量远离她，免得再加重她的苦难。

在他七八岁的时候，他的父亲与姨家的表哥在一次喝酒时，头昏脑热地为他定下了这门亲事。此后好多年，两家人都没有再行提起。直到他高中毕业后考入了县剧团，他的表大爷就像突然从地下冒了出来，秋后推着一车子山药进了家门。

大爷磕磕烟袋锅儿，盘腿上了炕。在喝了几杯酒后，才乐呵呵地说："孩子们都不小了，咱也该给广恩和腊月成亲了。"

直到此时，他才知道这些年在另外一个村子里，有个与他一起长大、名叫腊月的姑娘是他命中注定的媳妇。

在爹娘看来这是亲上加亲的好事，他们笑着为大爷盛饭、斟酒，掰着指头为他们挑选着成亲的吉日。他总是跳戏，仿佛在听别人的故事。他不断地想问，那个男孩子为什么不敢反抗？当他明白，他就是那个可怜的男孩子，他就知道一定是哪里错了。

每天晚上他的噩梦总是从迎亲的那一天开始，漫天的吹吹打打，嘈乱的流水宴席，暧昧不清的笑声……

二

一天清晨，他又一次在噩梦中醒来，顾不得抚定惊魂，就感觉憋得小肚子发胀，乔广恩闭眼都能想到站在小便池前开闸放水一泻千里的痛快。

他一头掀开被窝，小跑着钻进大院东北角的厕所，顾不上正在里面打扫卫生的老陶，解开腰带掏出家伙儿来炫耀一般，冲着小便池猛烈开火。那一股子冲天牛劲儿，就像攒射出一道道子弹，仿佛要把厚厚的墙壁打出一串窟窿。

他心满意足地捆好腰带，本以为老陶会拿他开开玩笑。一转身，这才发现老陶并不在身边，而是扛着扫帚不声不响地退出了厕所。老陶是从省城里下放改造的右派，在剧团里矮人一等，每天早中晚三次清扫厕所是他雷打不动的任务。乔广恩根红苗正，只有他愿意可怜老陶、接近老陶，敢与他有事没事扯几句闲片。见老陶规矩地站在厕所门口，就不依不饶地冲他说："怎么？让我一泡尿把你冲出来啦。"

话一出口，这才发现抱着扫帚的不是老陶，而是那个眼神忧悒、多愁善感的祁虹。都怪自己的神经系统全神贯注在这一泡尿上，瞪着两只大眼硬是没看清是男是女。人家一个黄花姑娘，想想自己刚才的所作所为，再加上这一句嬉皮笑脸的玩笑，简直就是活脱脱儿一个流氓吧！

他的脸腾地红了，连忙低下了头，不敢看她的眼睛。

果然姑娘也低下了头，颇显尴尬。见他从厕所里出来了，便一扭身又折回厕所，接着刚才的扫帚印，挨七挨八地扫了起来。乔广恩怔在那里，待神思缓了过来才慢慢想起，每一个身份不白的人来到剧团，不管你业务多么精湛，都要从这个令人掩鼻的污秽地开始，仿佛不从这里起步就不足以令你清醒地认识到自己的脏、臭和鄙夷轻贱。

乔广恩没有多想，紧跟在祁虹身后又进到了厕所之中。

她显然将他当成了不法坏人，惊恐万分地回过头来，正看到乔广恩伸向她的两只手，厉声喝问："你想干什么！"

可是她的眼睛暴露了她的惶惧，声音未落，睫毛上挂出了大大的泪珠。

他被她的声音吓得倒退了一步，这才发现自己确实唐突。他将两只手平放在姑娘面前，尴尬地笑着解释："对不起，我只想帮你打扫。我没有恶意。"

就在乔广恩急着辩白的时候，姑娘将扫帚往他的脚下一掷，从他的身边匆匆挤过逃了出去。

在一个最不该相识的地方，他们相识了。

三

男人是天下最最奇怪的动物。他若是遇到一个自己喜欢的女人，宁愿为了她赴汤蹈火，上刀山下油锅，更不怕吃她的亏，上她的当，最后哪怕是连性命也赔给她，他都不愿与一个厌恶的女人待在一起，更不愿享受她的关心，占有她的爱情。

自厕所一见，从此乔广恩的梦里，便时时出现祁虹那一双飞若流丹、澄如秋水的眼睛。现在好了，他每天练功之前，都会将厕所清扫一遍。因为帮助了自己喜欢的人，他的心里会生出莫名的兴奋。想想那个人在发现有人暗中帮助自己，而在心里重新唤醒温暖时，他就会感觉生命又被赋予了美好的意义。

真的想不到，他和她合作的机会很快就到来了。那个年末，掌权的造反派头头点名要听《女驸马》。团长除了起用她，没有别的辙。她顺理成章地扮演冯素珍，而他恰好扮演含冤入狱的李郎李兆廷。

刚开始来找他说戏，她的脸都是通红通红的，仿佛还没有从厕所一遇的情景中出来。慢慢了解了他的为人，看到他对业务的勤勉追求，尤其是全团他拉得一手好二胡，她便从原来的躲避变得亲近了起来。偶尔说两句玩笑，她还会情不自禁地抿着嘴笑起来。他发现，她其实笑起来更美。

在冯素珍的唱段中，他最喜欢素珍向公主坦白的那一段。每一次听着她从委婉一句句唱到决绝，他都会看到一个女子正一步步攀上悬崖，为了爱人，那样凛然无惧，她甚至会选择纵身一跃。有时在夜半醒来，他莫名地想着，如果他真是李兆廷，而她真是冯素珍，被她那样无怨无悔地爱着，哪怕只有这短短的一段唱，今生足已。

在万人围观的舞台上，令人心动的过门拉响了，他特意从后台走到侧幕来，看着她深深向着公主跪了下去——

素珍纵有天大胆，
也不敢冒昧进宫门。
真情实话对你讲，
望求公主细思忖。
误了公主罪该死，
念我救夫一片心。
公主饶我夫妻命，
没齿不忘你的恩。
你洒下甘露沾枯叶，
贤德芳名天下闻。
倘若公主不肯饶，
我到金殿领罪行。
处死素珍心无怨，
乞求放出我夫君。

只要我夫能有救，

我纵死九泉也甘心。

…………

他情不自禁地流着热泪观看，他的心泛起一阵阵刀割般的疼。

四

两个人熟稔之后，她随着同事也叫他“乔老爷”。每每听到她这样称呼自己，他都在心里苦笑。

忽然有一天，她走近他，把一张纸条塞进他的手心里。顿时他的心狂跳起来，仿佛全身到处都是心脏，按住这个，跑了那个，根本顾不过来。他都不记得自己是怎么离开的，一个人躲到神秘的角落里，小心翼翼地展开，读来竟是：以后不要再帮我打扫厕所了，我不想连累你。

他略感失望。她拒绝他的帮助，是不是想拉开两个人的距离呢？县里造反派头头喜欢她，他早已有所耳闻，难道她会答应吗？可是她像一朵含苞待放的花朵，这实在是太令人惋惜了。忽又转念一想，再看看最后一句——我不想连累你，她明明是为了我好啊，我竟然差一点会错了她的好意。每个字又重新看过一遍，反反复复地读着，仔仔细细地体味。他甚至想象着她写下每个字时的心情，他不知道，他像个钟情的少年，这就是恋爱开始了。

而这样心跳加速、手足无措的感觉，他从来就没有过，即便是腊月在他的面前脱光了自己。新婚之夜，他在腊月小声的啜泣声中醒来，刚从被窝里伸出一只胳膊想要劝劝她，不承想她主动掀开自己的被子，像只老鼠似的哧溜钻进了他的被子底下。他能感觉得到，她早把自己脱光了，用硕大的乳房在他的小腹上蹭来蹭去。他想起腊月雀斑丛生的脸，想起她短而粗壮的小腿，然后一点点感受到了她湿漉漉的发白的厚嘴唇。他真的有些厌恶自己，他想把身体变成一根柔软的绳子，这样腊月便将无从下手。腊月不厌其烦地在他身上摸着找着，终于从他的腰下掏出了那把刀子。她像是一个发了疯的女人，使劲地攥着刀子捅向自己，一次又一次，最后在她的小腹下面捅出了一个湿热的窟窿……这样如法炮制了两个月后，突然有一天她向他报告说，她已经怀孕了。那个月光清冷的夜里，他睡在腊月的身旁，发现自己像是一匹拉来配种的儿马。

他知道自己今生不能错过祁虹，他不能没有她，他又想到了回家同腊月离婚。这是个在心里埋藏已久的念头，是她的出现叫他下定了决心。

五

祁虹敲门的时候，他正坐在床上拉着《夜深沉》。他停下来，拉开门看到了祁虹，心中忽然间豁然开朗。祁虹走进屋来，手中拿着线团和几根竹针。她闻到了满屋子的香皂味，看到了门边的脸盆架上香皂盒里有一块淡粉色的香皂，看到他的毛巾搭在脸盆架上，洁净整齐。

他用手抹平了刚才他坐着的痕迹，把祁虹让到床边坐好，他自己坐到了椅子上去。

她说："你把屋子收拾得真干净。"

他说："哪里呀，也就是个表面现象。你现在就开始打毛衣啊。"

她站起来，有些腼腆地笑了，说："你看，你不问我倒忘了，我来干什么来了。我想给我爸爸织一条毛裤，他在北边的农场里，冬天来得早。你和我爸爸身量差不多，我来比一比，看看起多少针。"

他站到她的跟前来，用手撩起上衣。她从兜里掏出了软尺子，蹲到他的脚下去，伸手到他的腰里。不知怎么，她的脸颊臊热得很，没来由地就想起了那一次厕所里的相遇。她连忙站起来，离开他坐回到床上去。她低着头掩饰说："那个曲子真好听，你接着拉吧。"

他也坐下，叹了口气说："太悲凉，不拉了吧。"

她不知道再说什么才好，就开始扯开线头，往针上网线。

他说："等你有工夫的时候，多跟我说说戏吧。"

依照那位造反派头头的吩咐，剧团里又在赶排《梁山伯与祝英台》，他饰梁山伯，她扮祝英台。因为她在省团的时候参演过这出戏，所以整个团里从导到演，基本上靠她一个人。

她抬头看了他一眼，有些不解地说："我哪会儿都有工夫。"其实今天来找他，并不全是为了织毛裤的事。她想告诉他，今天那位造反派的头头单独把她叫去，先后说了一些不着边际的话，开始是关心戏的排演情况，后来又提起了他一位在农场管事的朋友，恰好是她父亲劳教的农场，最后才说他一定会让他的朋友关照她父亲，当然前提是她要懂事，要把该做的事情做好。她知道那个人话里是什么意思，更知道那样的人到底想要干什么，她当然不会屈从，可她实在为她的父亲担心，她不知道那些人会怎么样关照她受苦受难的父亲。她回来后，心乱如麻，只想找他说说，听听他的主意。

而他也有一肚子的话想对她说。他想让她知道，自己已经回家提出了离婚，可是腊月寻死觅活，把状告到了公社里。她还扬言要来找剧团的领导，谁要敢为他开离婚证明，她就死在谁的面前。他更想对她说，他绝不会可怜腊月，因为那不是爱。

六

几乎是每天吃过晚饭，就算是什么事都没有，祁虹也愿意来他的宿舍里坐一坐。她感觉，就只是坐在一起，她的心里就会慢慢踏实下来。她和他讲梁祝初遇，讲十八相送，讲楼台相会，最后还讲到了祭坟。她一边讲，讲到动情处便会手眼身法地唱起来。唱完了，就泪眼蒙眬地说："你看，这梁山伯多憨，祝英台的话，他竟然一句也听不出来。"

他也说："是呢，我也看这梁山伯像个傻瓜，现在恐怕没有这么傻的人了吧。"

她不经意地看他一眼，又说："梁山伯那么傻，祝英台都愿为他去死，真难得。"

他也看着她，才说："是梁山伯先为英台而死，他失去了祝英台，后悔而死，那颗心得有多么难过，多么难过才会死。"

他刚说完，她猛然扑到他的怀里来，失声痛哭起来。他手足无措，随着她的身体急剧颤抖，两个人像是暴风雨中的两枚树叶。

他说："祁虹，你别哭啊，你有什么事，你说。"

她哭得喘不上气来，他用手为她舒缓着胸脯。她紧紧握住了他的手，她哭："我爸爸死了，是被我害死的。"因为她的不懂事，没有主动去做好一些事，她的父亲被安排到湖上割芦苇，结果船刚划到湖心就漏水了。

他一把搂住了她，让她在暴风雨中停了下来。他说："事情肯定会调查清楚的，这跟你没有关系，你不要自责太深。"

她疯狂地摇着头，她说："你不知道，怨我，都怨我……"她还是把深藏在心中的恐惧说了出来。

他听明白了，他说："你是你父母的掌上明珠，如果你为了他们糟蹋自己，那更是要了他们的命。"

那一夜，她没有走，留在他的宿舍，蜷缩在他的怀里。她讲尽了自己这些年的委屈。他听着，心一阵一阵地疼起来。

七

她怀孕了。这是个全世界只有他一个人知道的秘密。只是他无法掩饰的甜蜜，还是被腊月从他的身上嗅出来了。

腊月明白她的机会来了，这是一个绝地反击的机会，又是一个稍纵即逝的机会。她决不能让机会就这样白白溜走了。以她的判断，只要她能拿出令他割舍不下的筹码，他就会乖乖就范，死心塌地地跟自己过完这一辈子。她不肯轻易出手，因为她知道，一旦出手便不能回头，若没有十足的把握，自己和他只能是两败俱伤。

最后腊月找到了她需要的那个筹码——乔广恩的正式工作。待到乔广恩又回家来，腊月坐在漆黑的灯烟里，胸有成竹地说："你想跟我离婚，我知道是为了吗。"

乔广恩没想到腊月主动引出这个话题，离婚这件事一直是腊月讳莫如深的。他平静地说："吗也不为，是咱俩没感情。"

"没感情，孩子怎么来的？"腊月抢白他。

乔广恩无奈地说："怎么来的你不知道？"

腊月像是受到了侮辱，她心里乱了，原来想好的进退之策忘得一干二净。她说："你不就是有了相好吗？"

乔广恩最反感"相好"这个词。他厌恶地说："有没有都跟你没关系。"

腊月从结婚以来始终处于下风，今天是她翻身的日子。她霍地站了起来，指着乔广恩说："你敢说没关系？只要一天不离婚，我就是你媳妇。"

乔广恩看也不看她："不离婚，跟你也不是夫妻。"

腊月不得不抛出撒手锏了，她提高了声音："那我就到剧团去，一叫你身败名裂，二叫你开除剧团回家种地。"

这句话之后，时间停顿了三秒钟。在这三秒钟里，腊月认定自己会把胜利稳稳地攥在手里，那样便可鸣金收兵、得胜还朝了。没承想，乔广恩绝情地说："你去闹吧，我没了工作也不会和你过下去。"

八

果不出所料，乔广恩被开除了，没了脸面待在乔家的腊月也带上孩子回了娘家。这一段婚姻就这样被无情地拖入了深不见底的泥潭。

祁虹的肚子眼看着就要藏不住了，没办法，乔广恩只好把她接回家来待产。还好，乔广恩的母亲宽厚仁慈，不仅没有嫌弃她破坏儿子的家庭，而且还看她远离亲人，又对乔广恩一往情深，事事都可怜她，不让她干什么体力活儿。

两个月之后，祁虹在乔家生下一个大胖小子，两个人欢天喜地，为孩子起名叫豆豆。也就在这个时候，祁虹接到了母亲的来信，她痛哭失声。乔广恩一把将信抢了过来，他看到祁虹的母亲已经发出了最后通牒，要她与乔广恩一刀两断，无论如何都要回到省城，重新开始她的生活。

乔广恩看看头上包着挡风头巾的祁虹，是啊，她还那么年轻，我什么也给不了她，难道我还要毁掉她一世的名声？

豆豆第二十八天的时候，祁虹的母亲走进了乔家。看到那鼓鼓囊囊的帆布袋里装的都是草原奶粉，祁虹知道自己离开的日子已经不可更改了。她不说话，只用一双泪眼央求母亲，可她的母亲丝毫没有动摇。一天，祁虹的奶水断了，两天，祁虹的人瘦了，三天……乔广恩当然知道祁虹的一颗心全在他和孩子身上，可他不能舍祁虹于不顾啊！

他说："你放心吧，我一定会把孩子拉扯大，你是城里人，年轻有前程，咱不能就这么稀里糊涂一辈子。"

祁虹不说话。他接着说："你看，我工作也丢了，一点经济来源也没有，拿什么养活咱们仨。你跟着母亲回到城里去，多少也能周济我和孩子一点啊。"

祁虹的心动了。她的泪花子又噼里啪啦地掉下来。她扭头跟母亲说："妈，你先出去，我和广恩单独说会儿话。"

不知两个人说了些什么，大约过了两个时辰，他挂在墙上的二胡响了，便听到了两个人在屋里唱《楼台会》。

贤妹妹啊我想你，神思昏昏寝食废。

梁哥哥啊我想你，三餐茶饭无滋味。

贤妹妹啊我想你，衣冠不整无心理。

梁哥哥啊我想你，懒对菱花不梳洗。

贤妹妹啊我想你，提起笔来字忘记。

梁哥哥啊我想你，东边插针寻往西。

贤妹妹啊我想你，哪日不想到夜里。

梁哥哥啊我想你，哪夜不想到鸡啼。

你想我，我想你。

今生料难成夫妻啊！

…………

九

分离后的第一年，祁虹按月寄来五元钱、孩子的衣物和小食品，雷打不动。第二年，照旧如此。第三年，忽然有一天，乔广恩接到了祁虹的一封信，信封里装满了他和儿子豆豆的照片，信纸上也只有一句话——老乔，你带孩子好好过吧。

乔广恩揣着祁虹这封信，一个人去到河边，呜呜地哭了一个下午。他知道，祁虹应该是要嫁人了，她不可能让过去生活的痕迹留到她的新生活里，那将是她不共人言的麻烦。可是在这样一个早已预料的下午，他的心还是像被人割掉一样地疼。

往回走的时候，乔广恩说服自己：这不正是我对祁虹的美好期盼吗？我应该祝福她才对呀！他站在无人的荒野里，冲着祁虹家的方向大声喊："祁虹，我爱你，一辈子都忘不了你。你放心吧，我一定把豆豆好好抚养大。"

从此，祁虹杳无音讯，彻底在他的世界里消失了。乔广恩就凭着对祁虹的思念，在相思成病的时光里熬过了四十年，豆豆大了，腊月死了，他又恢复了自由身，只是此时的他已经是个七十多岁的老人了。那个夜晚的急症突发，乔广恩以为自己可能就要死了，他竟然没有再见上祁虹一面，他有多么的不甘心。他默默地流着眼泪，在无边的黑夜里深情地呼唤：祁虹，你在哪里？我爱你，我爱你，我爱你——

也许是祁虹带给他的强烈的求生愿望，也许是他还有着未竟的心愿，他在医生无药可救的情况之下，居然一点点痊愈了。乔广恩明白，他不能再错过这最后的机会了，他要去找祁虹，哪怕是上穷碧落下黄泉，哪怕是两人不能在一起，他也要见上祁虹一面，还要当面告诉她，他永远记着当年祁虹给他的最真挚的爱情，他乔广恩这一辈子只爱她一个人。

凭着一个模糊的地址，须发皆白的乔广恩揣着一沓厚厚的情书，背上他心爱的二胡，乘上载满光阴的客轮，于婆娑光影之中，在时隔四十三年之后，再一次为了他最心爱的女人，奋不顾身地启程。

第 07 章

左手是你，右手是我

The Left Hand Is You, the Right Hand Is Me

此时此刻
窗外的哀乐
像成阵的士兵凯旋而过
红尘幢幢
几人去了几人来了
几人正彼此遇着
傻傻的你如何知道
生命里有个惦念的人
再苦再痛也还是幸福更多
我闭了窗子
静静地读仓央嘉措
欲爱成魔
欲罢成佛
世间安有双全法——
只轻轻一问
我不禁泪流成河

——《除了你，世界与我无关》

一

第一次见到他，正是在我做义工的嘉义临终关怀医院里。

那时还是嘉义的春天，他在医院的小花园里一边观察，一边思考，静静地坐了很久。那次是他来医院办理相关手续，建立初步的联系。他的身体各方面都还不错，根本不需要住院。我留意到，他前前后后总是一个人，没有亲人，也没有朋友陪在身边。我推测他年轻时应该是一位军人，因为只有军人才能做到，即便是一个人，也能把生活打理得井然有序。

再见他时，嘉义已是深秋了。他应该是来办理入院手续的。最初我并没有认出他，等看到他抱在怀里故旧的帆布袋时，便有了似曾相识的感觉。那个袋子一定是他珍爱之物，都已经旧得褪失了原来的颜色，只有袋子右下角绣着的一枝荷花还略显醒目，可他仍旧那样爱不释手。他比春天里清瘦了许多，但精神还好。我做义工这些年，了解到患癌病人都有一个怀疑、否定、斗争再到最后接受的心理过程，可他好像从第一次相见就表现得十分平静，这倒是比较少见的。或许那些挣扎的心路历程都被他很好地掩盖过去了，这更符合了我对他曾是一位军人的推断。

当天下班后，我接到了医生的电话，他说有一位今天入住的病人，读过我的书，喜欢我的故事，很希望同我结成关怀对子，问我愿不愿意。我听着电话，脑海中第一个想到的便是他，我毫不犹豫地答应了，并与医生约定第二天上午与病人见面。

第二天上午，我推开病室的门，一眼便望见他坐在阳台的藤椅上看风景。听到门的响动，他回过头来，连忙起身迎接我。他敬重而又客气地说："真对不起，沈老师，我恐怕要给你添些麻烦了。"

我主动握住他的手，微笑着说："不敢称老师啊，您太客气了。在我的生命中，有一段与你共处的时光，也是我的荣幸呢。"

我注意到，他在窗台上摆了一束野花，在秋光里，开得格外明媚耀眼。医院对每间病室的布置都是相似的，可刚刚一天的时间，他便将这间房子打理得有了家的感觉。一个人的生活，人在哪里，哪里就是家吧。他已经把习惯当自然了。

二

中午回到家，我冲了一杯咖啡，坐下来翻看医生提供给我的他的资料。

基本资料显示，他叫耿天白，今年五十八岁，果然做过军人，现已退职，卸任前担任警察派出所所长。他的健康问题出在胰腺，位置在胰头，无法选择手术。还有，他的确是孤身一人，从未婚配，更是无儿无女。

我啜饮着咖啡在想，他如此好的条件，想必年轻时追求他的女孩子不在少数，从他入院体检的指标上看，除了半年前发现的肿瘤之外，他并不存在其他的身体问题，是什么原因导致他未能成家呢？难道是他挑剔得太狠，眼光太高了吗？如今到了这一步，身边连个端茶送水的人都没有，不晓得他在辗转难眠的夜里，会不会感叹一丝晚景凄凉呢？至少，我没有从他的表情中读出来，是他隐藏够深还是他足够坚强，不得而知。对他有了初步了解，才发现他的身世中应该有一个谜一样的存在，深深吸引着我。

再相见时，他正半倚在床头读我的书。见是我进来，连忙起身迎接我，让到阳台上去坐。我准备好的和他的第一次深聊就从这个蝉声尚未退尽的上午开始了，风时不时溜进来，翻翻一角的藤萝叶。他的目光也被吸引过去，我们的谈话断断续续的，精致的茶盅也是浅了又添。

“耿先生祖籍哪里？老家还有什么人吗？”我们从这里开始了聊天。

在他没有回答之前，我先在他的眼睛里读到了一条缓缓流动的江河。他神思邈远地说：“我是河北人，村边有一条运河。”

“那应该离山东不远吧。”我从他的口音里猜测。

“对啊，河对岸就是山东，只隔了这一条运河。”他有了心神俱至的样子。

我又重复了一下刚才的问题：“家里还有什么亲人呢？”

他叹息一声说："爹娘死得早，哥哥姐姐活着的话也快七十岁了，不知道还有没有？"

我向他说声抱歉，他意犹未尽似的陷入了久久的沉思。恰好有护士进来招呼他去参加医院为他举办的新病友相识会，我便起身陪他一块去了。

三

耿先生一切都能自理，而他的心态也十分平和，我的工作就变得相对轻松多了。他经常跟着我一起再去做另一位病友的关怀工作，如果不晓得他身体带病，完全看不出他也是一位如临深渊的将逝人。

一个月过去，我的另一位关怀人微笑着走了。而耿先生一直陪在我们身边，从头至尾见证了一个人最后的远行历程。那个时候，我心无旁骛，不曾意识到他站在另一边，心里可曾想到了自己最后的行程又是什么样子。等打理清了，再回过头来看他，他好像是心中有数了。我听护士们说，我不在医院陪他聊天的时候，他一个人躲在病室里每天都会在本子上写点什么，好像是提醒自己该做的一些事。我了解他做事条理性很强，是多年在部队工作形成的做事风格。

只是我发现，他消瘦得有点厉害。我去找医生谈，医生说给他开的药品中不得不增加止痛的药剂了。他平时对服药就很仔细，我想他已经知道了。

离开医生，我去病室里找他。他正侧身坐在床沿儿上，手里摸着他的帆布袋子出神。听见门轻轻地响动，才拭一把湿润的眼角，投给我窄窄的笑容。

“这枝荷花真好看，远远一瞧跟真的一样，想那绣花的人该有怎样的两只巧手啊。”我顺着他的思路说。

这一次他却没有接着我的话茬说下去，他问我：“沈老师，我想你们作家是文化使者，是不是跟外面交流的机会比较多？”

“嗯，机会确实蛮多的，我几乎是半年在世界各地交流，半年回到台湾。回到台湾的时间里，上午来医院做义工，下午才会坐下来写写东西。”我如实相告。

他心中漾出了一丝欢喜，我能看得出来。他压低了声音兴奋地问我：“那么沈老师，你来推测一下，你说咱们能和大陆互通来往还需要多长时间？”

这个问题很难，回答也很为难。他看到我的态度，眼中刚刚燃起的火苗儿一点点熄了。其实若是出于关怀工作的需要，我完全可以给他一个大大的希望，比如告诉他明年或是后年，要知道依着他病情的发展，必定他等不到那个时候。

可我不能欺骗他，这是我与被关怀者之间建立良好互信的基础。

四

再相见时，他还是坐在病床上摆弄他的布袋子。我笑着逗他：“这里面藏的都是你的宝贝吧。”

他抬起头来，认真地盯着我看，只是看，久久没有说话。

我们两个人已经太过熟识了，不像刚结识时一问一答地那般客气了。我知道，接下来他肯定是有重要的话跟我说。我不催促他，耐心地等他。

果然，他缓缓从袋子里掏出一个本子来，应该是护士们见他经常记录的本子。他低着头说："我是早晚要把这些东西交给你的，不如趁现在还清醒，先与你做个交代。"

接受被关怀人的请求，本来也是我们义工的工作内容。如果是具体的东西，最好是医院安排人在场做个见证。我问："需要医院安排人吗？"

"不用的，都是麻烦事，不是给你留存什么东西。"他摇摇头。

我坐过去，看着他将本子一页页翻开。他翻到的那一页，前面的一行数字是他的银行存单符号，后面跟着的是他自设的存取密码。银行存单大约有十多个，可是密码却是统一的300817。我猜测那是一个人的生日，但不是他自己的。

他又用那种托付的眼光看我，我也变得郑重起来。他说："我一生的存款都在这里了，加在一起差不多有五万元，我死之后还会有一笔抚恤金，这些钱都交给你，你来帮我做一件事，事情做完如果钱还有富余，那就捐给关怀医院吧。"

"什么事？会用这么多钱？"我好奇地问他。

"把我的骨灰存好，哪天与大陆解禁了，拜托你把我送回老家去，交到一个人手里。"他恳切地说："你进出台湾的机会多，托付给你我放心。"

我不解地看着他说："你不是说老家没有亲人了吗？"

"我家可能没人了，可我有未婚妻。"他恍若回到了年轻的时候，"我们发过誓言永远在一起的。"

我不得不重新审视眼前的耿先生了，他本来有着如此好的条件，可他就为了年轻时"非你不娶"的一句承诺，选择了在台湾孑然一身。

五

半个月后的一天，他又染上了感冒。他仿佛知道，体内的病患正在加快脚步，所以他要做的事情也相应地提前了。我去陪他，他从袋子里摸出一封信来给我看。

亲爱的青荷，三十年的离别，三十年的相思，你还在等着我吧！一九四八年六月，我俩在景州中学毕业时，就跪地盟誓，私订终身：我非你不娶，你非我不嫁。那年九月，我考取了徐州警察学校，开学的时候，咱俩约定，你在中秋节的时候来徐州看我，我多么期盼着那一天啊！可是时局变化太快，还没到中秋节，学校就迁往南京了，忙乱之中我都顾不得给你写一封信，从此我们便失去了联络。第二年年初，还不到春节，我又随校撤到了台湾。谁知道这一次离别，就再也回不去大陆了呢！一湾浅浅的海水，就像是银河一样啊，把我们隔在两岸，我只有在梦里与你相见了啊。

青荷，最近我健康体检查出了胰腺癌，没有办法手术，医生说我没有几个月的寿命了。如今回大陆已经不可能了，此生我和你也不可能再有相见的机会了，我想对你说，我信守了承诺，终身未娶。由于两岸不能通邮，这一封寄不出去的信，也算是我最后的遗书吧。

沈老师是一位作家，也是我信赖的朋友。我已经拜托他，将来万一有一天两岸和解了，如果到那时你还活着，还在信守承诺等着我，那就和我的骨灰再补办一场婚礼吧。如果你也已不在人间，那就请沈老师协助，把我的骨灰埋在你的坟旁边，咱俩虽然活着的时候没能结为夫妻，那就在地下共结连理吧。

亲爱的青荷，我最亲爱的人，我此刻泪水涟涟地呼唤着你，青荷！青荷！我爱你……永远，永远爱你……

耿天白泣书

读了他的这封信，一个令人肝肠寸断的爱情故事便呈现在眼前了。一对私订终身的爱人，没能逃得过战争的摧残，被搁置两地，生生不得相见。

他把信仔仔细细地叠好，夹在那个无比重要的本子里。他摸着袋子角上那朵荷花，依依不舍地说："这就是她送我开学时专门为我绣上去的。"

我望着他眼中的万般柔情，想他的手指上每一颗细胞都还能感受到当年离别执手时她的温度吧。

六

嘉义的冬天来了。

其实在嘉义这个地方，四季的温差并不明显。如若仔细感受体会，冬天也只是风干了些雨少了些。只有往山里走走，才能看到阴面的山坡上树的叶子会落。在我还没有想到季节转换的时候，耿先生嘴里便在不停地念叨，运河该下霜了吧，运河该结冰了吧，运河该落雪了吧。原来他的季节概念一直停留在故乡呢，当然更让他牵挂的是故乡的人啊。

入冬以来，他的身体掉得挺快。依照我多年的义工经验，他的样子很难熬得到春节。我在心里已经做好了思想准备，为此我撂下手头的创作，随时到医院里去陪他说话，以期能让他在最后忍受煎熬的时光过得轻快一些。

我为他把床摇高一些，他好在整日的平躺中换一个姿势。可是他无法久坐，时间稍长了，他的骨头会将他的皮肤硌得青一块紫一块。我空着手心为他做着扣打，帮助他血液循环。我能感觉他的皮下脂肪都已经消耗尽了。想想他最初的模样，现在再去看他，鼻梁也高了，眼皮也双了，嘴唇也薄了，连耳郭都透明了。他的小腿细得像是胳膊，而他的胳膊真的比拇指粗不了太多了。而他每每积攒起些许的精力，就饶有兴味地跟我谈起他和青荷的往事来。

他的村子与青荷家的村子中间只隔了三里地，从完小到中学，他们一直在一起。在学校里，他从家里背来的粮食吃不饱，也是青荷从自己的口粮里省下来匀给他。每每到了上学和放假的日子，她都会等他一起走。两个人偷偷拉着手，在运河的堤上走，河堤下面的柳林里有喜鹊在叽叽喳喳地叫，这样的时候，青荷就会轻轻地唱起小曲儿来，只唱给他一个人听。

我好奇地说："是什么样的小曲儿啊？肯定是情歌吧。"

他好像正等着我问他，他毫不犹豫地说："当然是情歌啦，青荷的脸一点点红了起来，真得比荷花还娇艳。我给你唱一唱，运河上的小曲儿你保准没听过呢。"

然后他低低地唱起来，因为身体虚弱的缘故，这个在他心中唱了一辈子的调子有的地方也把握得不那么准了——

满山的花啊漫天的云，
彩线线轻纱热乎乎的心，
妹绣荷包一针针，
针针都是为那心上人，
我的哥哥呀——

接下来的日子里，当他从长长的昏迷中清醒过来，他也会抓紧时间讲那个青荷借给他棉袄的故事。高中那一年隆冬，男生们被安排在夜里到运河上守桥。青荷就把自己穿的一件盘云扣的丝绵里袄脱下来，硬是叫他穿在里面抵御严寒。他说，当夜里冷得挺不住的时候，他就一次次抚摸着身上的棉袄，身上就好像还留着青荷心中那炙热的温度。

七

我一直有个担心，耿先生遵守了自己的承诺，而那个名叫青荷的女子呢？不是我小人之心。耿先生一个人来到台湾，终身未娶，并不会受到来自家庭的压力。可是若要女子为一个远在天边的男人守身如玉，尤其是在农村，恐怕连同家长都会遭受方方面面的非议，顶住这世俗的压力并不容易。我不敢与他交流这样的想法，我明白，对青荷的思恋是他生命最后时刻的一根稻草。

他静静地走了。

他入院的时候就签署了《不抢救协议书》，最后连营养液也没有用。我握住他的手，告诉他让他放心，他交代给我的事我一定会办到，一定会把他的信和骨灰带到大陆去，交到青荷的手里。

他昏迷中还是点了点头，然后我看到他嘴唇缓缓地翕动着，应该是在唱运河上的小曲儿，青荷唱给他的那一首。

前半晌描来后半晌画，
绣一对鸳鸯在一搭，
运河的水啊向东流，
走天涯也把妹妹的手来拉。
我的哥哥呀——

前坡种麦子后坡种豆，
绣一对喜鹊长相守，
春夏秋冬呀留不住，
走天涯也要拉上妹妹的手，
我的哥哥呀——

他唱完了，一遍遍呼唤着青荷的名字，含着泪走了。我相信在他灵魂回家的路上，他也会一直唱着故乡的歌叫着爱人的名字吧。

他的骨灰暂时寄存在福寿堂里，每年清明节我都会去为他献上一枝带露的荷花。我想他一定会喜欢。我会和他讲讲两岸关系的回暖，告诉他破冰需要两岸领导人的智慧和勇气。或许明年，或许后年就能通航通邮。

两年、三年、五年……十年，终于等到了那一天。

送耿先生回大陆的日子，我特意选定在秋天。因为四十多年前，他和青荷分别的时候正是秋天。他们在秋阳里挥手告别，最好也在秋水长天下再见。

八

沿着运河，我一路寻找而来。耿先生信中提供的名称，由于世事变迁，许多都已改变，周折费尽，我终于从耿先生的老家打探到了青荷的下落。

她还活着！她终身未嫁！她在等一个人，从妙龄少女等到了白发老妪！

在我听到她消息的那一刻，一股莫大的感动充满了心里。耿先生为了爱情的承诺守了三十年，然后怀着对爱人深深的眷恋，抱憾而逝。可是在大陆的另一端，青荷和耿先生心有灵犀，信守盟誓四十年，立志非他不嫁，不惧地老天荒。这份真爱何其忠贞不渝啊，天下爱情无出其右啊！

青荷衣衫整洁，发髻一丝不乱。她神情哀伤，镇定自若地走到我的面前。她眼中含着泪，却没有哭出声来。她跪倒在我的脚下，将手高高地举过头顶，以最高的敬意来交接耿先生的骨灰坛。她将骨灰坛搂进怀里，手指轻轻地抚摸着耿先生英武俊秀的黑白照片，泪光中盛满了年轻恋人般的蜜意柔情。

我永远忘不了那样一场特殊的婚礼。中秋节那天，是她和爱人四十年前约定见面的日子，青荷穿上那一件盘云扣的丝绵里袄，仿佛上面还有耿先生的体温。她双手抱着耿先生的骨灰坛缓缓走到院子里来，向着秋水长天行夫妻叩拜大礼。当青荷起身时我早已热泪满面，她和自己的丈夫在乡亲们的见证下走进了洞房。院子里的乡亲们一个个泪花扑簌，悲肠纠结。我目送着青荷的背影消失在屋门里，仿佛看到了耿先生在生命逝去之时脸上绽开的幸福的笑容。

短短两个月后，青荷便无疾而终。这实在是出乎我的预料。我匆匆赶来，按照他们生前的意愿，将夫妻二人合葬在运河堤旁的柳林里。那是他们上学时牵手走过的地方，那是他们坐下来唱情歌的地方，那是他们永生永世不再分开的地方……

又是二十年过去了，每到大陆来，我都要专程去到运河边凭吊。坟丘上芳草萋萋，柳林里莺歌燕语，运河里清波荡漾，高天上流云缕缕，我屏息静听，恍惚间又听到耿先生在和青荷同唱着那一首缠绵悱恻的运河小曲儿——

满山的花啊漫天的云，
彩线线轻纱热乎乎的心，
妹绣荷包一针针，
针针都是为那心上人，
我的哥哥呀——

第 08 章

除了你，世界与我无关

The World Has Nothing to Do with Me Except You

相遇之前，我不知道
这世上有你
那时的阳光、春风和花朵
只属于我自己
相遇之后，我才发现
全世界都是你
我的白天黑夜、忧伤欢喜
都被你俘获而去
这一世
我愿与你对坐饮一杯
执手相看深情不语
我懂得
我来这世上全部的意义
就是为了与你相遇
多年之后你走了
我答应你不哭泣
此后的朝朝暮暮
我会眼含热泪微笑着想你
一时一刻一分一秒一点一滴
唯有想你
我才能慢慢慢慢慢慢
慢慢地活下去

——《除了你，世界与我无关》

一

太平轮沉没的那个凌晨，柳如眉从惊悸中醒来，枯等着基隆海面上传来的第一缕日光。上午从报纸上看到了太平轮失事的消息，仿佛证实了她昨夜的噩梦，她的心扑棱一声快从嗓子眼儿里飞出来了。她疯了似的翻看手中的报纸，希望这新闻是假的，恨不得连这报纸也是假的。

她的泪水打在散发着油墨气味的铅字上，噼啪作响。

她从兜里掏出一支闪亮的派克笔，那是她准备送给叶知秋的生日礼物。可是就在生日前一天的晚上，她和情报处的好多人突然遭到了羁押，然后便是无休止的盘问审查。而知秋也在此时消失得无影无踪了。她坐在暗无天日的牢房里，却在为知秋担心：他不会受到我的牵连吧？如果因为我的原因连累了知秋，那我该多么对不起他。我没有帮过他什么忙，反倒是害了他。那一段人生中最难熬的日子，如眉便是在这样的自责中度过的，她甚至根本没有考虑过自身的安危。那样如坐针毡的感觉就像现在一样，她的一颗心紧紧系在叶知秋身上。

接下来的几天里，柳如眉只剩下做一件事，那便是翻找报纸上刊出的落难者名单。名单每天都在变化，她却没能读到叶知秋的名字。可她还是放不下那颗心，她笃定叶知秋也一定会撤到台湾来。她心里胡思乱想，太平轮上有几千人，找得到的名字不过几十人，只要幸存者里没有知秋，谁敢保证他没有葬身冰冷的大海啊。

柳如眉心急如焚，她没有意识到自己，整日整日都在报纸上写着“叶知秋”三个字。这个名字连同这个人，将她一颗弱小的心塞得满满的。她多么希望木楼梯上传来叶知秋那铿锵有力的脚步声，就像军统特训班开学第一天他们第一次相遇时那样……

二

如眉安静地坐在教室里，像一枝亭亭出水的芙蓉花。上午的阳光从门口斜照进来，恰好铺到如眉的课桌上，她就那样出神地坐着，仿佛在等待一个人的到来。果然特训楼的旋转楼梯上传来一阵坚定踏实的脚步声，沉稳，雄壮，像春雷滚过如眉少女多情的天空。

他出现在门口，站定在门口望着如眉。如眉抬起头来看他，他宽阔的肩膀将阳光挡在身后。在如眉的眼中，他的白衬衫比阳光还要白，还要亮，是她最喜欢的干净整洁的模样。那一刻，阳光在他的身后已经黯然失色。

他一笑，露出白白的牙齿。他伸过一只大手来，优雅地介绍自己：“你好，我是叶知秋。”

他的声音也像美酒一样醉人。如眉连忙站起来，伸手轻握。她说：“我是柳如眉，请多关照。”

如眉是特训班上仅有的三名女学员之一，她温柔漂亮，知书达理，家境殷实。她的父亲在西南联大做教授，母亲也是知识分子。她的大伯更厉害，在部队上做到了中将军长。除了特训班上的男生，整个学校里追求她的男孩子也很多。可是如眉偏偏只喜欢叶知秋，也许是那阳光中的一见钟情，也许是他英俊潇洒的风度征服了她少女的心。一有机会，如眉就来找知秋探讨学习，向他请教问题。其实如眉心里清楚，她的爱情正在悄悄地萌芽。

知秋又何尝不受着相思的煎熬。每当看到如眉脉脉含情的目光，他那一颗心也如春水荡漾，如醉如痴。可是每到夜深人静的时候，他又一次次提醒自己——绝不可以。知秋的真实身份是一名优秀的中共地下情报员，此次报考军统特训班也是奉上级命令而为，为的是要他结识一批军统高层人员，伺机打入敌人的核心部门。自己身负如此艰巨的秘密任务，事情的成败可能会直接关系到战争的胜负，他怎么可能会被一份小小的儿女私情所羁绊？于是他对她若即若离，如同蝴蝶之于花朵，给她爱的感觉却又不将这层薄如蝉翼的纸捅破。

有时如眉会笑着试探他说：“我们是同一棵树上的叶子吧。”

见实在躲不过去，叶知秋便会开玩笑说：“你是柳叶如眉，二月春风啊，我是叶落知秋，老矣老矣。”如眉便嗔怪地看着他，不理会他的玩笑。

三

毕业后的一次偶然相遇，完全是他的处心积虑。

离校时如眉因为大伯的关系被直接分派到第三战区担任机要员，正统的出身，精干的业务，让她升职很快。抗战胜利后她被调进新成立的国防部二厅，进入了情报工作的核心，每天都要收发大量的作战情报。叶知秋毕业后被分配到重庆一个最底层的行动组，担负着跟踪和盯梢进步人士的任务。原以为两个人从此有可能渐行渐远，忽然有一天叶知秋接到上级命令，要他想尽办法接近柳如眉，快速取得她的信任，乘机获取军事机密。就这样叶知秋辞去了重庆的特务工作，来到南京以一个商行老板的身份重新出现在了柳如眉的身边。

那是一场图书馆里的致命“邂逅”。当他隔开厚重的书架，突然从对面映出了柳如眉那张精致如画的脸庞，他在心里暗暗告诉自己，如果这是一场真的不期而遇该有多好！

“如眉，怎么是你？”叶知秋故作惊讶地喊了出来。

如眉如同听到天外之音，她怀疑自己是不是在做梦啊。她从书中抬起头来，果真看到自己阔别多年深藏心中的“白马王子”真的就站在自己面前。那一张英气勃发的脸，那一双锋利如剑的目光，还有整齐洁白的牙齿，和他身后射来的那一道温暖的阳光……

压抑已久的爱情之火熊熊燃烧起来，纵然烈火焚身，她也不会回头。这一遇，令她无可救药地坠入了爱河。她不管他是贫穷还是富有，更不管他做什么投机军火生意，她爱的只是他，一个清清爽爽的人。于是夫子庙、玄武湖、紫金山都留下了两人相依相偎的身影，花前月下，秦淮河畔，见证了他们相守白头的海誓山盟。

他无意地对她说："国军部队调动到哪里，我的生意就要做到哪里。"

她便深信不疑，经手的每一份情报都好好记在心里，下班约会时偷偷告诉他，想为他带来无限商机。

他们如胶似漆地爱着，可俩人却从来没有一张合影。如眉偶尔提出来，都被他引开到别的话题上去了。她怎会知道，叶知秋是担心有朝一日暴露身份，因为有这合影为证，也许就会破坏到整个地下情报网络。

四

他的担心不无道理。国军几次重大战役的惨败，引起了国防部保密局的怀疑，所有接触过情报的机要人员都被抓进看守所，开始一个个羁押审查。

明天便是他的生日，本来他和如眉预定好了一场电影。他甚至知道，如眉已经偷偷地为他准备好了生日礼物。早在如眉生日的时候，他送给如眉一枚银制的胸针，在绢盒的里面，他放上了一页折叠好的红叶笺，笺上有他亲笔抄录的一首情诗——

天上飘着些微云，
地上吹着些微风，
啊，微风吹动了我头发，
教我如何不想她？
月光恋爱着海洋，
海洋恋爱着月光，
啊，这般蜜也似的银夜，
教我如何不想她？
水面落花慢慢流，
水底鱼儿慢慢游，
啊，燕子你说些什么话，
教我如何不想她？
…………

如眉将诗笺紧紧地贴在心口上，陶醉在这美妙的诗句里。她爱不释手地读了一遍又一遍，仿佛怕是漏掉了知秋的任何一点儿心思。那一横一竖，一撇一捺，每个字都像挺拔俊秀的少年，含情脉脉，呼之欲出，向如眉表露出无限的爱意。

这首诗真的不是他的伎俩，是他心中对如眉爱意真实的表达。他总在想，他真的可以爱上如眉吗？不同的信仰，不同的阵营，难道就不能相爱吗？为什么如眉可以不问这些全身心地投入去爱？而自己却将她最美好的情感只当作谋取情报的手段呢？他没有放弃自己的信仰，可是他也一样不能放弃对她的爱了。

如眉心中早已拿定主意，等到知秋生日的时候，她一定要送他一支最好的派克钢笔。在她的心目中，只有知秋这一手好字才能配得上。如今礼物已买好，可是人却被羁押在了审讯室。她不敢想象，这样一个重要的日子，如果找不到她，知秋会怎么样度过？他不会受到我的牵连吧？

一想到这些，如眉便心痛不已。

五

知秋在第一时间就想到了如眉被捕。一想到心爱的人会被严刑逼供，遭受非人的折磨，他便坐卧不安，整日不得安宁。毕竟如眉的险境是由他一人引起。他以最快的速度向上级请示，请求对如眉展开营救，他甚至还提出了另一个方案，那就是由他去“自首”，用生命换取如眉的自由。

上级不同意营救，因为她是敌人，不是自己的地下人员。上级更不同意他的意气用事，狠狠批评他的同时，也意识到他已经处在危险的境地，命令他迅速从南京撤离，先紧急撤至苏北解放区。

历经磨难的她只想着不要牵连上心爱的人，所以从头至尾如眉经受的审问最多。到最后还是大伯动用了上层的关系，才将她搭救出来。当她重获自由后，想到的第一件事便是寻找心上的爱人。令她意想不到的是，叶知秋真的从她的世界蒸发了。在她最需要爱人陪伴的时候，他没有选择留在她的身边。有人说他逃去国外了，有人说他被山匪劫持了，还有人说见他登上了去台湾的轮船，更有人说他哪里都没去，就在南京城里继续做他的生意。可是如眉跑遍了南京城，从此再也没见到叶知秋的身影。这让她悲伤不已，整日里失魂落魄。

如眉一心想见到叶知秋，她就想问知秋一句话："这些日子，你都到哪里去了？"

其实她心里明白，只要见到知秋一面，看他一切都好，自己方能心安。

当战火渐渐逼近南京城，如眉迫不得已才同家人离开，临走之前，她特地来到叶知秋关闭的商行门前，将一张留言条从门底下塞了进去。

"你快来，我在基隆等你。"这是她留给知秋的最后一句话。

六

柳如眉最终也没能得到确凿的答案，叶知秋究竟在没在沉没的太平轮上。可是她为了兑现自己"我在基隆等你"的一句承诺，没有跟随家人一起去到台北，一个人孤居基隆。她甚至拒绝了所有亲朋好友为她做媒，矢志保持单身，只为等待叶知秋的到来。

是啊，这个世界若是没有了他，还和自己有什么关系呢？

叶知秋也在大军南下之后，重新回到了朝思暮想的南京。他寻遍南京的角角落落，可是没有人知道柳如眉是谁，更不用说告诉他这个人去了哪里。他只在商行灰尘铺满的地上，拾到了如眉留给他的那句话，可是基隆，尽管只隔了浅浅的海峡，咫尺之近，却是天涯迢迢啊，他如何去得了。叶知秋愧疚不已，无可奈何地将如眉的留言放在了贴心的衣兜里，日夜不离。

几年之后，他只得接受组织上的撮合，娶了一位烈士的遗孀为妻。可是叶知秋感觉自己的家庭生活总是带着组织生活深深的烙印，他感到自己只是一个被动的影子，毫无幸福可言。当一波波政治浩劫无情地席卷而来，这个看似坚不可摧的革命家庭，竟在一夜之间迅速解体。他的妻子出卖了他，将叶知秋贴身的那张留言揭发了——那是他私通台湾特务的罪证。

叶知秋竟然没有申辩。从他得知告发自己的那个人正是妻子的那一刻起，他嘴角泛起了一丝不易察觉的笑。他想，我们终于可以名正言顺地分开了，不需要再以革命的名义捆绑在一起了。我也要去偿还我在如眉那里欠下的债了，我也要去接受如眉曾经因为我遭受过的那些非人的折磨了。他坦然地面对一次比一次严厉的审讯，似乎只有这样他才能在心里赎清自己在爱情上犯下的过错。

可是他的坦然彻底激怒了那些丧失了人性的审讯者，他们疯狂叫嚣——你不交代，别以为判不了你死刑，我们可以让你生不如死。

连续几天辣椒盐水灌下来，声带毁了。又继而是一连串的刑讯动武，招招都在耳根台上，两个耳膜先后穿孔。叶知秋完全陷入了无声世界。好了，听不见，说不出，最后像个废人一样被投进了监狱的最深处。

十二年后，当所有的冤案都平反昭雪了，人们才想起一间暗无天日的囚室里还关押着他。一纸证明还给了叶知秋最后的清白，可是这个又聋又哑的他如何安置呢？最后一致同意，发配回他的老家在街道上安心养老吧。

叶知秋孤身一人回到了北方的海港小城，那一年，他只有五十八岁，可他身体佝偻，目光呆滞，满头白发，走在街上，俨然一个覆巢之中的垂死之人了。

七

如眉坚定地留在了基隆，任谁也劝不走她。

她把这些年自己的积蓄用在一件事上，那便是在台湾《中央日报》上常年刊登一则寻人启事：

知秋，听人说你早已到了台湾，想必有一天会到基隆来。如果你看到了这则启事，请你到报社要我的联系方式吧。不管多久，我都会等下去。如果哪一天我不在了，报社的人自然会告诉你。你知道就好了，不必为我难过。

如眉

没有等来叶知秋，却不断等来过去在军统学校追求过她的男生。他们慕名而来，送她鲜花和高档的衣料，邀请她出席上流社会的聚会。如眉都婉言谢绝了，她之所以友好地接待他们，是希望从他们那里探听到知秋的消息。可是他们真的没有，她以为他们就算是有知秋音讯的话，也不一定肯告诉她，因为每个人都有追求她的私心。不过还好，在她礼貌得体的交往面前，他们选择不越雷池地关心着她。到后来，他们分别成家之后，想起孤身一人的柳如眉，甚至不约而同地发起了帮助她寻找叶知秋的联谊会。可是他们几乎是搜遍了台湾的乡下角隅，也仍然没找到叶知秋的影子。

如眉寻找知秋的故事，每个基隆人都知道。有好心人出资专门在港口和火车站里做了大大的灯箱，上面写着几个月黄色的大字：知秋，我是如眉，我在等你。

如眉来到写满她名字的灯箱前，有时会忘记了自己便是那个天荒地老故事里的女子。她偶尔想起来，再抬头望望海上的一弯新月，心里默默地说给自己，知秋，不管你在哪里，想这月色也会照着你吧。想一想此时叶知秋也站在这一轮月下，她的心中就升起了一丝莫名的幸福。

这一等，就是四十年。忽然有这么一天，几位老同学一起来看望她，为她带来了叶知秋的消息——原来他就是那个潜伏在军统里面的情报人员，他还活着，这些年一直在大陆，却是在运动中受了很大的伤害。等到同学们走后，如眉忍了四十年的泪水还是流了下来。她原本以为到了这个年龄，已经不会哭了。她的泪水中除了对知秋的思念，还夹杂着些许的委屈。她等了他一辈子，她想知道，当年知秋和她在一起，是为了情报还是真的爱她？

我要去找他，当面问问他。如眉一刻也等不及了。

八

手里攥着同学写给她的地址，如眉在那个从未听说过的小城里一路打听，最后七转八拐来到了一座破旧的小楼前。北方的天空阴沉得厉害，时不时有小小的雪霰落下，在她的手心里，即刻就融化了。自从如眉去到台湾，四十多年她都没有再见过雪了。

从阴暗潮湿的楼梯爬到二楼，她正要敲门，却见那扇门虚掩着。她上前侧耳倾听，只听到窸窸窣窣的，像是有人走来走去。她敲门，却始终无人应她，更不要说过来为她开门。她轻轻推门进去，在饭桌边见到一位风烛残年的老人，背对着门口在吃酱油拌饭。即便是如眉来到了他的身后，他也没能发觉。

如眉知道这就是叶知秋了，可她不敢相信眼前的这个人，曾经在阳光里笑着同她握手，曾经挽着她一起去燕子矶看落日。此时低头一望，四十年漫长的等待竟然像一列火车瞬间便呼啸而过。

她的泪水滴滴答答地掉在他的背上，砸疼了他。他慢慢地放下手中的碗，回过头来，怔怔地看她。他从她风衣领口别着的那一枚银制胸针认出了如眉，张张嘴，一个字也说不出来，又笑笑，眼角就湿了。

如眉从手包里掏出那支派克笔来，从纸上写下：这是我送给你的生日礼物，只是迟了四十年。叶知秋郑重地接在手上，缓缓地写着：我知道你在基隆，可是我去不了。如眉又写：我想知道，你真的爱过我吗？知秋认真地看着她，一字一顿地写：

我爱你，并永远相信爱情。如眉明白，在军统特训班时教官对每个学员都要告诫——情报人员因为身不由己，也许无法向恋人表达真挚爱意，但请相信爱情，永不放弃。

窗外雪花飞舞，如眉写道：陪我去看看雪吧，我想和你一起走走。昏暗的屋里，叶知秋的一头白发刺痛了如眉的眼睛。在那一场纷纷扬扬的大雪里，这座海港小城见证了四十年后两个人第一次手牵着手。他们什么也没说，就在大雪中一直向海边走去，走到了海枯，走到了白头。

连续几日，如眉穿过白雪皑皑的街道来为知秋收拾房间，炒他年轻时最爱吃的冬菇片，从外套到内衣，为他置办好四季的衣服，并将身上带来的钱悉数留给了他。一周之后，如眉轻轻地拥抱了他，与他告别，登上了开往北京国际机场的大巴。

曾经挺拔伟岸的叶知秋身体佝偻得不成样子，他都无法给自己心爱的女人一个紧紧的拥抱。他追着大巴跑了两步，看到车窗里如眉使劲地冲他摆手。他不晓得那是劝他不要追还是和他道再见，他停下来，却记住了如眉噙在眼中的那一颗大大的泪珠儿。他突然想起了什么，大张着嘴，用嘶哑的喉咙一句句唱给远行的如眉听。如眉看懂了，知秋唱的是他们年轻时的那首诗《教我如何不想她》。他们都明白，此生只能是想着对方，他们已不能再见了。

不见就不见吧。在一个遥远的地方，有心上的那个人，这本来就是他和她与这个世界的关系。

两年后的一日，在一个天高云淡的下午，大陆有信寄来。如眉认得，封皮上都是知秋的字。她靠在窗边展开，认出信却不是知秋写的，她一字一句地读着。信上说，叶知秋走了，在一个雨声缠绵的秋夜，像一片枯萎的叶子无声地落了。如眉从信中读到了一个细节，知秋最后手中握住的，是她亲手送给他的那支派克钢笔。如眉抬眼望着基隆绵薄的秋光，隔着秋水长天，她的心随着一片云彩飞向了那个偏僻的海港小城。

如眉忽然明白了叶知秋年轻时的那句玩笑话，就算他们生长在同一棵树上，可是从她到他，要经过一个炎炎盛夏，而他和她之间，还隔着一个白雪覆盖的冬天。

第 09 章

可是你永远不知道

Yet You've Never Known

一朵云静静的
泊在我窗前
像纱像雾像雪像棉
像羽毛像杨花像月半弯
我看最像一张
窄窄的信笺
写不下太多字
四句话已满——
你想我或者不想
我都想你
你爱我或者不爱
我都爱你
落款只好写在云的背面
亲爱的，拆开的时候
要足够仔细
我的名字，你才会看见

——《除了你，世界与我无关》

一

在万米高空，透过弦窗，童林望着机翼划过一团团洁白的云朵。

他忽然听到了一句话：A调是亲情，B调是友情，C调是爱情。童林好奇地问下去：“那么D调呢？”

“D调是掺杂了亲情、友情和爱情的混合情感，OUT了吧，这都不懂。”那个女孩子调皮地望着他，半是挑逗半是调情。

童林不失时机地问：“那咱俩ABCD是哪个？”

一直到今天，童林也没有得到答案。但在他的心里，答案是有的。他只想听那个女孩亲口告诉他。童林在心里一遍遍地温习着女孩儿的名字：苏西洛。

那个傍晚，昏黄的街灯在小雨中哭泣。童林一蹦一跳地穿行在水洼之中，他的圆领衫太过单薄，被风鼓起来，就像是一只水边觅食的大鸟。还真巧，一条小鱼撞进了他的怀里。等童林低头看时，姑娘奶白色的连衣裙已被他溅成了斑点裙，手中的书恰好掉在泥淖里，手上的天堂伞狠狠地别在姑娘的身上。

姑娘倒没有责怪他，反而是急着去捞她的书。

童林再看时,就感到自己闯了大祸。那本书的封皮半明半暗，封皮上有一幅照片，长发男人低垂着头，拨弄着吉他，他的身后是一面仿佛没有尽头的墙壁。没有人能读出那个男人的表情，他是在等待和期盼什么吗？封皮上写着一个诗意的名字：我把四季用来等你。真的装潢精美，看一眼不想放弃的感觉。现在从姑娘的手上，往地上一线线淌着脏水。姑娘的声音委屈极了：“我刚买的书啊，好好的，碰到了你。”

姑娘没有发怒，只是对着她的新书叹惜。童林有一点喜欢她了。他殷勤地抢在手上，满口答应了说：“别心疼，明天我给你买来。”

姑娘这才抬头看他，不相信地问：“你能买到吗？我这是最后一本。”

童林自然不信：“学院书店没有，我到市里的新华书店总可以了吧。”

姑娘回身一指街灯的里面，骄傲地说：“你真不懂，看到学院西面的 D 调茶舍了吗？这是最后一本。”

“逗我？”童林狡黠地笑笑，“茶舍里卖书？”

姑娘微微笑了，有些不置可否。“你们男孩子真不懂得，有些书是与茶相配的，有些茶是与人相配的，那种知己的感觉，你难道不曾有过？”

童林隔了灯光一看，还真是，D 调茶舍的光线很暖。那种暖就是知己的感觉吧。低下头打开书的扉页，童林看了两眼作者的简介，噢，最会讲故事的痴情大叔。他心里有谱了，作为文学院的诗社社长，找一本书应该不会太难吧。他冲着姑娘说：“把你的姓名留一下，过几天赔给你。”

“苏西洛。”姑娘一侧身，走了……

飞机正在下降，童林的心情迫切起来。十年过去了，第一次回到母校，样子变了吗？D调茶舍还在吗？那一首雨中的小夜曲还在吗？那个名叫苏西洛的女孩儿还在等待吗？

二

走出机场，童林见到了接机的李教授，那是自己的恩师。他们紧紧拥抱着对方，恨不能把这分离的十年时间，从他们身体中间硬生生挤掉。

童林还是略感失望，因为在李教授率领的人群里，他没有发现那个窈窕的身影。他的心更加忐忑起来。可是他的脸上带着微笑，与身边同行的人一一打着招呼。苏西洛会在哪里呢？她会在一个什么样的时机出现呢？

车进市区，童林一路揣摩。他仿佛憧憬着在哪一个不经意的时刻相聚，就像第一次她像是一条小鱼撞进他的怀里。他又回到那个暮雨初歇的黄昏里……

苏西洛——童林愣在雨中，咕哝着这个名字。他脑中火花一闪，想起来了，是不是这次诗歌大奖一等奖获得者？应该是的，那首诗是《一朵云静静地白》。童林批阅的，就像皇帝点状元一样，钦点的。

童林想起了诗，更加喜欢眼前走远的女孩儿了。他也懂得了她为什么对手上的一本书是那么钟爱。童林想，我若是她手中的书该有多好啊。让她天天捧着我，陪着我，一字一句地读着我。让这么一位有内涵的女孩儿，深刻地了解你、懂你、爱你，世界上还有比这更幸福的事吗？

第二天，童林决定去 D 调茶舍碰碰运气。

“没有了，我每个月只卖两本，女生一本，男生一本，多了不卖。”茶舍的老板是个优雅的女人，舒缓从容，不疾不徐，不像是个商人，倒像是个教书的老师。

“为什么？”童林不解地问。

“什么都不为，书和茶，我只会卖给有缘人。不图别的，我只求有人开心，我开心。”

“你怎么知道谁是有缘人呢？”童林紧追不舍。

“直觉，第六感，就这样。”女人淡淡地笑着说。

童林忽然想到，男生那一本应该是已经卖出去了，没有了。难道我和苏西洛不是有缘人？那么她为什么会撞进我的怀里？

李教授碰了碰他的胳膊，伸手一指说：“童林，这是咱们学院的新大门。”

好气派啊！童林由衷地赞叹。顺着李教授的手指，童林看到一架彩虹样的过街天桥横跨在眼前。天桥上花样年华的学弟学妹们往来不绝。他痴情地望着，仿佛苏西洛会从那些熙攘的人群中脱颖而出，笑靥如花地向他走来。

三

两天的讲学结束了，童林被文学社学弟学妹们团团围住合影留念。童林本想早点脱身出来，到学院周围转转，奈何同学们热情太过高涨，他被拥在人群中间动不了半步。那些欢呼雀跃的男孩儿女孩儿，童林一个也不认识。想一想，从他将社长的位置传给苏西洛，再传到现在大约中间都隔了五六任了，哪里还会认得呢？童林苦笑着，就在他神思恍惚之间，他忽然看到在报告厅的后排座上，安静地坐着一位长发如瀑的女孩儿。他看到女孩儿指如削玉，手上捧着一本淡青色封皮的书在旁若无人地读。童林极力想看清封面上的名字，他隐约看到照片中那个埋头理琴的男子，他似乎是读到了深深烙印在脑海中的那八个字——我把四季用来等你。

等人群在李教授的安排下有序地离开了，童林转身再来寻找那个女孩儿时，才发现偌大的报告厅里早已空空荡荡，哪里还有他刚刚看到的人影？

“你在看什么？”李教授看到童林四下环顾，仿佛落下了什么东西。

“那个读书的女孩儿。”童林还是不相信自己的眼睛。

李教授疑惑不解地看着他说：“女孩儿，什么读书的女孩儿，学生们都已经散了。咱们走吧，学院领导已经在酒店恭候多时了。”

童林被恩师拉扯着从报告厅里出来，直接钻进等候的车里，消失在灯火如流的城市里了。透过朦胧的车窗，童林试图辨认出街道两边的门店。可是街上霓虹闪烁不定，连交错的人影都被涂上了晃眼的光晕，就像在看一部记忆深处的电影。

四

回到下榻的酒店，大约是晚上九点多钟了。李教授留下来又寒暄了片刻便离开了，送恩师下楼的时候，童林已拿定主意，他要趁这个时间到学院路再做一次寻访。

出租车师傅听说童林这个时间要到学院去，不经意地露出了会意的微笑，眼神中也充满了游戏人间策马奔腾的艳羡之色。刚上车，师傅便问："去玛雅酒吧？"

童林突然间明白了师傅脸上的暧昧，他上学时便听闻艺术系的女生到酒吧里陪酒挣外快，好多凭着几分姿色被土豪和小官员包养。他猜出师傅大概把他看成寻求刺激的那种人了。他没有回答，一路上也失去了和师傅交谈的兴致，只是快到了学院大门的时候才说："我就在过街天桥那儿下车吧。"

师傅一脸疑惑，回头来问："你不去酒吧？"

童林笑着摇摇头。师傅又说："我再往前拉你一小段儿吧，不加钱。"

"谢谢你。"童林客气说。

师傅也相视一笑："不谢，我们都不在那儿停车。"

童林从车上下来，眼睛一时无法适应四周缭乱的光芒，更有点儿辨不清南北东西的感觉。这时他迷惘之中看到一个白衣女孩儿迎面走了过来，他连忙上前问路：“你好，这附近有茶舍吗？”

女孩儿停下脚步，转身向灯光深处一指，幽幽地说：“再向前五十米，有一家D调啊。”

童林听到“D调”两个字很是惊喜，他禁不住说：“真的还在呢！”

“对呀，还在，一直都在。”女孩儿忧郁地望着童林兴奋走远的背影低低地说。只是她不晓得童林听到了没有。

等童林想起回身道谢时，那些迷乱无定的灯光将两个人早已远远地隔开了。

五

整个茶舍里冷清清的，一个人都没有。童林向里走了几步，就听到房间里萦绕着如泣如诉的小提琴曲。他搜索着自己的听觉记忆，一时想不起是谁的曲子。

他坐下来，由着那曲子像一条小鱼儿那样，在他的脑海里游来荡去，无拘无束。他注意到顶上的灯光，仍旧是早年的灯光。在这样的灯光里，他又想到了茶舍女人温暖的目光。他扭头向迎门的茶柜望去，却发现那里坐了一位寡言的男人。可是刚才进门时，童林并没有发现那个座位上有人。

男人也望到了他，从柜台里起身出来，手上拎着一个雅致的茶袋。然后来到童林的对面，不请自坐在了茶海之前。他像是对朋友一样，熟稔地说：“天气凉了，喝一杯普洱吧。”

童林最爱的就是普洱茶，这不是什么秘密，但在这个离别五年的城市也只有原来那个女人知道。

“好，好的。”童林欠欠身子，笑着点点头。

“先生，你不是本地人吧。”男人熟练地煮水、洗茶、将茶盅一个个消毒。手上忙碌着，话却说得不紧不慢，眼睛并不看人。

“你何以见得。”童林感兴趣地看着男人，不是反问，只是默认之后又想知道对方猜中的原因。

“你的眼光清澈透明，没有北方的风沙侵袭。”男人还是没看他。

童林很是佩服。他承认：“我从英国回国一直在上海，不过，我大学时在这座城市。”

男人低着头斟茶，伴着茶水“哗哗”的声响，说：“我知道，这就是你的大学。”

童林凝神看着琥珀色的普洱，香气氤氲，仿佛又回到了自己前来买书的那个傍晚。

六

“这回总该有我一本了吧。”童林特地选在十月一号走进D调茶舍的门。还没等他听到回答，却看见苏西洛眉眼盈盈地走过来，像一只淡粉色的蝴蝶。

她伸出一只手，做出请进的手势，并指引着童林坐到雅座里来。

“你怎么在这里？”童林迫不及待地问。

苏西洛却不理他，自顾扭身走了。正在他不明就里的时候，她又翩然而回，手指间就捻着一包精致的普洱茶。她浅笑了，说：“我请你喝茶。天凉了，来一杯普洱怎么样？”

那时童林从来没有正经喝过茶，他微笑着点点头。他忘了，他不是来喝茶的。可是一遇到苏西洛，他连自己买书的事也忘得一干二净了，哪怕对面的人正是他要赔付的人。

“你怎么没出去玩一玩？”苏西洛将煮好的茶倒进他的茶盅，那茶的颜色他看了都觉得温暖体贴。

童林知道好多同学都组了小团儿，有的去登长城，有的去爬香山，还有的径直去了泰山看日出。可是他一一回绝了同学的邀请，他知道自己还有一笔债没有还。他要在下个月的第一时间买到《我把四季用来等你》，仿佛只有这样，他才能找到与苏西洛见面的理由。如果有可能，他想告诉苏西洛自己准备出国留学的事情，他甚至想问问苏西洛毕业以后有什么打算，会到哪里谋职，定居在哪个城市。他或许等回国之后，也会到那个城市里去，与喜欢的人在一起，做一份自己喜欢的工作。

那个老师样的女人走进来，冲着苏西洛说：“小洛，帮我照看一下店，我出去。”

苏西洛便答应着站起身来，童林问她：“你在这里勤工俭学？”

她也只是笑了笑，什么也没说。

七

童林看到苏西洛坐在柜台后面，茶的展示格里有一格端端正正地放着两本书。他这才想起自己之所以放弃旅游，第一时间跑到茶舍里来的事由。他俯在苏西洛面前，歪着头等苏西洛问他。

“我两本全都要了。”他毫不犹豫地说。

苏西洛说：“这怕是不好，一人只能买一本的。”

童林郑重其事地说：“我是自己留一本，那一本我要赔给一个漂亮的女孩儿。”

从苏西洛黑黑的瞳孔里，童林都看到了自己脸色中的挑衅成分。

苏西洛说：“你不用赔了，女孩儿已经原谅你了。”

“那怎么行？”童林当然不会放过这样和苏西洛纠缠不清的好机会。

苏西洛停下来想了想说：“那这样好不好？还是只卖一本，你可以写上你的名字，然后送给那个女孩儿先看。”

童林看苏西洛实在为难，他知道她只是在茶舍里勤工俭学，不能替主人拿主意。于是他顺水推舟地说：“我还要那女孩儿也写上自己的名字。”说完，他目不转睛地盯着苏西洛。苏西洛的小脸儿果然羞红了，不过她最后还是答应了他。

他接过苏西洛递上来的书和笔，在扉页上潇洒地写下了自己的名字。他看到扉页上面两行竖排着的书名旁边，有蝴蝶在轻灵飞舞。他故意把女孩儿签名的空白留在了蝴蝶那一边。

苏西洛签名的时候，童林借机低下头闻了闻她的长发。他嗅到了淡淡的茶花清香。

八

童林端着精巧的茶盅，细细地抿着。一股暖暖的香透入鼻息，缓缓地钻进他的心里去。正是因这一股似曾相识的香气，他终于还是发问了。

“老板，您是什么时候来到这间茶舍的？”他掂量着问话的分量，好像这问句里有一种难以揣摩的力量。

男人仍旧不看他，也轻轻咂着茶说：“三年多了吧。”

“原来茶舍好好的，怎么不做了？”童林见老板并不反感，接着问一句。

男人说：“哪里好？她急需用钱，才把茶舍盘出手。”

“怎么会？她不像是缺钱的样子嘛，好茶只给有缘人。”童林说的正是他第一次闯进 D 调茶舍时的感觉。

“是这样。可是后来有了变故，她拿不出给女儿救命的钱了。她急着把茶舍盘出去，开了很低的价。”男人的声音低沉，在夜色里经久不散。

“她女儿？我从来没听说她女儿的事呀。”童林有些惊讶。在他知道 D 调茶舍后的半年多的时光里，他不晓得来过多少次，也从来没遇到过那个女人的女儿。

男人听了略显好奇，这才抬起眼睛来看了童林一眼。他问：

“你不知道她的女儿？常年在店里帮她的那个长发女孩儿。”

童林脱口而出：“苏西洛——”他的嘴一直张着，忘了合上。这一点儿也不符合一位绅士的做派，一位留学英国的绅士。

“对，就是她，多么好的一个女孩儿，真是太可惜了！”男人深深地叹了一口气。

童林再也坐不住了，他蓦地站了起来，死死地盯住对面的男人问：“你快说，她在哪里？她究竟怎么了？”

恰在此时，屋里的小提琴曲就像被扯断了，忽然之间停下来。

九

夜深了，路上杂乱的光渐渐少了，整个城市也慢慢安静下来。茶舍里没有了一丁点儿声响，那如墨夜色几乎要将童林压扁了。

男人如释重负地说：“她为了救身边的同学，被一辆超速行驶的轿车撞飞了，司机逃逸，那女孩儿在医院里被抢救了好多天。正是因为她舍身救人的事儿，学院门口的交通安全才引起政府的重视，这才为天天横穿马路的学生们建了这座天桥。只可惜，那个女孩儿再也回不来了。”

童林想象不出那悲惨的场景，更不敢想象苏西洛一袭白衣裙，飘着如瀑黑发，在阳光洒满的街道上长长飞越的镜头。如果有他走在苏西洛的身边，他怎么会忍心看着那辆猛兽一样的轿车撞上自己心爱的人。

他默默地起身离开，男人跟在他的身后。等两人走到茶舍门口，男人忽然又想起了什么，一把扯住童林的胳膊说：“你等等，还有一个包。”

童林失神地停下来，等在门口，望着男人跑回到柜台里面去。男人一面打开橱子一面说：“我接手了这间茶舍，警察不知道，最后将那女孩儿的东西交还给了我。他们希望我能联系到女孩儿的妈妈，物归原主。于是我一直等，终于今天等来了你。如果我没有猜错，你的名字叫——”男人停顿了一下，似乎是在想，“童林。”

童林点点头。男人怎么会知道自己的名字，还重要吗？这个世界上还有比苏西洛走了更重要的事吗？

男人将童林眼中十分熟悉的帆布包递过来，加上一句说：“包里有一本书，上面签着你的名字。”

童林伸手去时，果然摸到了硬硬的书脊。一脚迈出门，两颗泪才滑落下来。

十

这个季节，暮雨潇潇，来了又走了，雨脚悄无声息。童林看到天桥底下避雨的人群中，好似有一位白衣胜雪的女孩儿。等他走近，人群却又散了。地上已积了大大小小的水洼，童林感到自己仍旧像是一只捕食的大鸟，孤独地守候在水边，可是水中的小鱼儿却游得无影无踪了。

童林黯然神伤，在斑驳的灯光里坐下来，把头深埋进帆布包里，细细地嗅着淡淡的茶花香。隔着这遥远的香气，他也能看到书的扉页上写着他和苏西洛的名字。苏西洛并没有将名字写在他留出的空隙里，而是离开了有一句话的距离。

“你为何离开那么远啊？”他不解地问。

苏西洛俏皮地笑笑：“有一天你就会知道了。”

童林不由自主地伸手进去，将那本《我把四季用来等你》轻轻地摸了出来。夜静极了，仿佛身边的车市人声都渐渐退去，消隐在时光之外。童林看到，不知什么时候苏西洛在他们俩的名字中间写上了一首诗，正是那一首《一朵云静静地白》——

天空蓝得让人流泪，
一朵云静静地白，
我开始想你，
想你想到骨髓在骨头里哭泣，
想你想到寂寞在眼睛里开出兰花，
想你想得能听到自己心疼的声音。
没有人知道我的秘密，
只有天知道，
只有云知道，
我把一个人的名字，
刻在了那朵云上，
可是你永远不知道。

第 10 章

千山万水，你会到来

You will Come Despite Thousands of Mountains and Rivers

早年，我的心事
像初春的柳丝
在风中顾自摇摆
无法停止
一夜间便酿成凌乱的柳絮
漫山遍野铺天盖地
唯恐你不知
后来，我的心事
像深秋的叶子
欲说还休
沉默如斯
在枯枝上被风翻动不已
或正或反
是想你知又怕你知

——《除了你，世界与我无关》

一

音乐响起了，路易手捧鲜花沿着红毯缓缓地走来，一束温暖的灯光追逐着他，艾琳忘记了自己也是剧中人，她仿佛回到了梦境之中……

“嗨，美女——”艾琳看到一名帅哥走到她的身边停了下来，心中暗想，这就是传说中的艳遇吗？她来不及摘下耳塞，赶紧收拾扔在邻座上的旅行包。

大四第一学期实在闲得无聊，艾琳跟几个小姐妹，白天赶场似的到处T台走秀，晚上累得床上一躺，挂在网上追剧。往往是简单卸妆之后，困得眼就睁不开了。她真的不喜欢这样无聊地打发日子，于是跟谁也没打招呼，找个周末，只身一人踏上了去黄山旅游的大巴车。距离开车还有一小段时间，她窝在座位上读书，耳朵里塞着耳塞，似有似无地播放着周董的金曲。读到兴奋之处，人就不自觉地哼出了声。

男孩儿冲她始终微笑着，没有坐下来的意思，倒是伸出食指在她的眼前摇了摇。艾琳连忙将耳塞摘下，只听见男孩儿轻轻地说：“请您买票，美女。”

男孩儿略低着头，一绺长发缓缓垂到眉梢，搭配着棱角分明的脸颊和温暖体贴的眼神，无意间便透露出十分的性感。片刻之间，艾琳神思恍惚起来，一时竟忘了自己身在何处。她突发奇想，没有伸手掏钱，而是小女人模样地向男孩儿提出了请求。

她小心翼翼地说：“帅哥，我有点儿晕车，我能坐到最前面一排去吗？”她指了指售票员身后的那个位置。

“那你跟我来吧。”帅哥不但答应了她，还殷勤地伸手拎起了邻座上重重的背包。

二

不知是上帝有意对她撒谎进行惩罚，还是旅途漫漫真的让她疲惫的身体吃不消了，从来没有晕过车的艾琳这次真的坐在帅哥背后干呕不止。她早晨什么也没吃，又哪里吐得出东西。就在她痛不欲生的时候，一股儿酸水冲口而出，结结实实地落在了帅哥的后背上。

羞愧难当的艾琳顾不上自己的失态，急忙翻找着面巾纸。她心中暗暗地想，完了，全完了，自毁长城了。早知这么丢人，干吗非要坐到人家身后来。

就在她尴尬难耐的时刻，没承想帅哥一个麻利的转身，非但没有嫌弃她，反而轻快地递给她一个塑料袋，随即在兜里掏出了带包装的纸巾，打开，抽出一片，伸手到她的面前。而在这整个过程中，他都一言未发。

“真对不起。”艾琳眼里闪出了泪花。从来都是风光无限的她哪里面对过这样的场面。

帅哥很自然地脱掉了弄脏的上衣，卷起来塞在了座位底下。他只是温暖地笑着，没有一丁点儿责怪的表情。他宽厚地说：“晕车是小事儿，你能睡一会儿就好了。”

艾琳看到他穿得那样单薄，更加自责起来，泪水不自主地又落了。她梨花带雨似地说：“你看，我闯的这祸。我要赔上衣给你。”

“不用，真不用，没有叫你赔的道理。”帅哥急得脸发红了，“我们常年出车在外，没好没赖的，你不必在意。”

艾琳掏出手机，要存上帅哥的电话号码。可是帅哥推辞着，说什么也不给她。恰在这不上不下的时候，帅哥的手机响起了一串提示音，艾琳听出来，那是他的 QQ 来信。

她放弃了电话号码的请求，直截了当地提出：“加个 QQ 好友吧。”

帅哥望着艾琳湿润的眼角，再也找不出拒绝的理由。一个申请，一个通过。艾琳的好友列表里一闪，多出一个从天而降的“路易十三”。

艾琳低下头惊喜一笑。

三

华灯初上的屯溪老街，缓过来的艾琳第一时间想到了她的

"路易十三"。她选了一家离新安江很近的餐馆，坐下来，登陆 QQ。

"国王，这家餐馆的臭鳜鱼，你一定爱吃。希望你给我一个道歉的机会。"艾琳读了两遍之后，感觉没有失礼的地方，又表达了足够的诚意，让他不便推辞，这才点击发送出去。两秒钟之后，艾琳才发现自己，从何时起变得这般心眼儿小得像个针鼻儿。

忐忑的等待，几乎每隔一秒钟，艾琳的目光就要望向门口。她自信在熙来攘往的人群里，能够一眼认出那个温暖的人。

她果然早早地盯住了他。从遥远的光怪陆离的街市之中，看着他紧紧地盯着餐馆的招牌，从一家家琳琅满目的店铺前侧身而过，渐渐地走到了她的眼前来。

蓦然看到坐在橱窗里的她，一双水汪汪的眼睛就像是新安江的潮水撞击着他的心。他脚下不由地磕绊了一下。

艾琳穿得很朴素，这也是她精心挑选的。她不愿让坐在对面的他，被自己的光彩罩住，躲在角落里显得黯然失色。这个在 T 台上呼风唤雨的女子，何曾如此细心地为别人着想过？包括她的妈妈也不曾享受过女儿这般心思缜密、细致入微的体贴吧？

他坐下来，因为还穿着被她弄脏的那件上衣，稍稍有一点儿局促。她明白，他没有随身换洗的衣服。她装作视而不见，轻松地将菜谱推到他的面前。

臭鳜鱼，毛豆腐，她相信他常年跑黄山这趟线，肯定爱吃这些特色菜。只是她不知道，他跑黄山这几年，从来没舍得吃过这些菜，更不消说坐到屯溪老街来吃。看到了石耳，她抬起头来征询他的意见："咱们是石耳炖土鸡？还是炒青菜，还是做汤？"

他却答非所问地说："两个人吃不了太多菜的，浪费不好。"

艾琳觉得他应该饭量好，便说："我一天都没有吃东西，你就陪我多吃一点吧。"

他不说话了，仿佛是为了成全她的道歉之举，由着艾琳又要下了秀嫂挞馃和小馄饨。

四

成了朋友，艾琳才晓得他的QQ昵称并非空穴来风，他真的叫路易。他有个上大学的弟弟叫路平。艾琳发一句玩笑过去——好洋气的名字啊，都是你父母的杰作吧。后面跟一个笑脸。

路易老老实实地回一句——嗯，是的。

艾琳再问："叔叔阿姨做什么工作？"这有点儿越位嫌疑，不过她只是为了满足自己的好奇。

好半天才收到路易的回复，他好像在犹豫或者措辞。他说："我的父母是山里的农民，为我和弟弟起这样的名字。他们不知道什么国王贵族，只想着家乡的路好走一些。"最后也缀上一个笑脸。

若是没有这个笑脸的表情，艾琳一定会自责自己的鲁莽。一个女孩儿这样口不择言，好像有意去刺痛对方想要隐藏的尊严，来彰显自己的优越感。可恶！艾琳狠狠地骂了自己，并警告自己最好长下这个记性，若还想继续做朋友的话。

不过路易好像并没有介意，他随即传过来几张山里的照片。连绵起伏的群山，弯弯曲曲的盘山路，流光溢彩的秋叶，还有满山遍野的山果儿。

艾琳把照片放大，又寻到了山洼里炊烟袅袅的人家。她回复说："真美啊！真想生活在这样的世外桃源。"

路易发过来一个"偷笑"。

艾琳听着同寝室朋友们急促的呼吸，连睡觉都像是赶场似的。她发现自己离那样山明水秀、云淡风轻的生活实在是太过遥远了，想着想着，忽然就委屈地哭了。

五

大年初二，艾琳跟家里说有一个服装公司的演出，三天之后才能回来。她拖着行李走出家门，径直登上了开往大别山的客车。

一过六安，山势渐露峥嵘，问问司机师傅，离金寨还有三个小时的车程。艾琳知道，从金寨再到路易的家尚有一段崎岖的山路要走。她想睡一小会儿，免得见到路易时整个人都像霜打的茄子。她将自己蜷缩在座椅上，感觉到眼珠儿随着车子的辗转腾挪，在不停地滚动。她强迫自己闭着眼睛，山里的阳光忽隐忽现，好似她脑海中映出的一帧帧游黄山时的美好画面……

看着路易吃得高兴，艾琳又生出了得寸进尺的想法，她直觉他不会拒绝。她淡淡地说："陪我在江边走走吧，反正你也不急着回去。”

她不喜欢邀请他去逛老街，那里的人太多，不属于她想要的两个人的夜。来到灯火通明的镇海桥上，她与他并肩而立，吹着清爽的江风，就那么静静地看江面的渔火。天上的月牙儿眯着眼，偷偷地看着他们，谁也不说话。

他的手机响了，是《稻香》。那是她最爱的周董的一首歌。他接电话的时候，她的心里荡起一层水纹似的小甜蜜。

“车坏了？明天不返合肥？要检修啊。不是才大修过的吗？”路易不甘心，耽搁一天就少赚一天的钱，那是弟弟的学费，他耽搁不起。

艾琳却听得暗自心花怒放，这真是天赐一个共游黄山的良机，她怎么会错过呢？望着她真诚而又波光流转的眼睛，路易实在想不出拒绝的理由，他说：“那好吧，我和你一起去。”

盘山公路两旁是青翠欲滴的万杆毛竹，路易出神地望着，魂不守舍地说：“这绿像是下次不再绿了似的狂绿。”

艾琳掩着嘴笑，心里悄悄地想，真没想到他还这么诗情画意。

在穿云越雾的缆车里，艾琳望着轿厢与峭壁擦身而过，她心惊之时忘情地抓住了路易的手。她的手那么凉，他的手却那么热。那一瞬间，她提到嗓子眼儿的小心脏忽悠一下又落回到了原处。他没有躲闪，只是笑着，嘴角性感十足。

迎客松，天梯，一线天，光明顶，飞来石……在光明顶上，路易为艾琳照相，实在推脱不过，他也把身影留在了艾琳的相机里。然后他们选了一块空地坐下来，艾琳喝水，路易却一言不发，凝神眺望着远方。忽然他说：“听别人说一百回，也不如自己亲眼看一回，黄山真是美啊。”

他扭头看见艾琳赞许地望着他，他鼓足勇气说：“我从来的山路上，看到了好多的爱情锁。如果这辈子有机会，我也想在黄山上锁一把同心锁。”话刚说完，他的脸就羞红了，那羞赧的红润里还夹杂着些许的激动。

艾琳凝视着他，挑衅似地说：“这边不如天都峰，咱们有时间再去天都峰，那边的同心锁才叫壮观，你说怎么样？”

六

第一眼望见路易家茅草苫顶的房子，艾琳信了——真穷啊，穷得供不起两个孩子读书。可她真的替路易抱屈，诗写得那么好，成绩那么优秀，只因为自己是哥哥，就主动把学习和考出大山的机会让给了弟弟。站在曲折迂回的碎屑路上，远远地望到路易朝自己飞奔过来，艾琳的泪水再也忍不住了。

等路易来到她的身旁，怔望着她断线似的泪珠儿。艾琳干脆不管不顾地丢下行李，扑上去紧紧地抱住了路易，痛快地哭出了声。

路易一家人给了艾琳最热情的接待和最好的照顾。艾琳则自从长大以来过了几天最有年味的春节。每每路易和艾琳到附近的山坡上走走，路易总是趁机规劝艾琳早点回家去。他说：“这就是你说的世外桃源，哪有你想得那么美？又破又穷，没水没电，偶尔来个农家乐还凑合。快回去吧，我们山里人做梦也想走出大山。”

艾琳本来也不是一时冲动来看路易，听了路易的话更加坚定了她想帮助路易的决心。她说："过了年，你别去跟车了，挣不了几个钱，咱们俩在合肥摆个小摊儿吧。"

路易望着艾琳不知如何作答。他手里没有本钱，拿什么做艾琳的合伙人。艾琳自然知道他的难处，又说："我上学没时间，你负责盯摊儿。"

其实路易不知道，艾琳家的门店仅在繁华大道上就有三家。艾琳担心的是下一步，她要说通自己的父母接受这个自强有志的年轻人。

七

艾琳被逐出了家门，这也是她早有预料的结果。独生女儿如此优秀，却偏偏选中了一个想吃天鹅肉的癞蛤蟆，谁家父母不生气？艾琳不想和路易透露实情，她害怕路易会选择逃避。从那天起，艾琳脱下华丽衣裳，换上百姓服装，就真的和路易在史河路一处偏僻的小街上，用自己攒下的积蓄盘了个零货店。

艾琳狠狠地记着妈妈甩给她的那句话——等那小子在合肥供了房子，你再来跟我谈吧。合肥的房价虽说不在一线，可按揭一套房子，首付至少也要十五万啊。艾琳回到宿舍躺在床上翻看银行短信，加来加去还不到三万块钱。她横下心来，登录淘宝，打开购物车，将盯了半年的时装全部选中，一键删除了。

"爱易"零货店开张了！这个路边小店里除了货架，仅仅摆得开一张折叠床。白天叠起来，晚上打开，路易就睡在店里，所以他的小店总是街上打烊最晚的一个。每天清晨五点钟，路易就要起床，蹬上三轮车到果蔬批发市场进货，三九隆冬，三伏酷热，路易从来没有误过一天工。艾琳不得不感叹，路易的体格就是好啊。其实路易不是没有头疼脑热的时候，只是他知道自己不能停下来，为了艾琳的未来，他绝不可能停下来。

那一天，当艾琳被妈妈赶出家门，路易就天真地站在下一层的楼梯转弯处，他真切地听到了艾琳妈妈含着泪水的愤怒，听到了妈妈给艾琳下达的一个他们不可能完成的任务。路易当时很矛盾，他担心艾琳会在哭诉的妈妈面前回心转意，他又盼着艾琳能听取妈妈的劝告不要自讨苦吃。可是他听见艾琳的行李箱轱辘一刻也没有停下，毫不犹豫地向着他的楼层雄赳赳一路开来。他真的爱上了这个自以为是的姑娘，他要让整个世界知道艾琳的眼光没有错。

艾琳毕业签约了一家时装公司，除了训练和表演，她将全部剩余的时间都投入到零货店里来，有时她还要去夜市摆地摊儿。为了不让妈妈的朋友认出自己，每次艾琳都要带上假面，看她窈窕的身姿和姣美的面容，仿佛是去参加一场豪华的舞会。

她很快风靡整个夜市，成了闻名遐迩的“蒙面女郎”。

八

六年中零货店成了大超市，大超市又转成批发商，路易和艾琳把生意越做越大。艾琳干脆辞掉了服装表演工作，在批发之外开起了自己的服装汇。

艾琳想到了第一个和路易确定恋爱关系后的情人节。远离了浪漫生活的艾琳给路易打了个电话，约他在格宾餐厅见面。当路易匆匆赶到时，格子里的烛光恰好刚刚点燃。路易坐定，看着艾琳从身后抽出一个纸袋，将一件高档的夹克衫递到了路易的面前。路易夸张地接过来，心疼地开着玩笑说："你到底想不想嫁给我？首付款又少了一笔。"

"嫁给你我倒不着急，我着急赔你一件上衣。"想想从去黄山的大巴车上相遇，时间快过去八年了。

路易特意换上艾琳的礼物，然后郑重地走到了艾琳的这一边。艾琳搞不清路易想要做什么，只是默默地看着他。路易从手心里变戏法儿似的拿出了一枚漂亮的指环，那是一枚红珊瑚串成的指环，纯净的红，夺目的红，热烈的红。路易说："这是我后来又到屯溪去，专门买给你的，可是我没有送给你的勇气。"

艾琳惊讶地接过来戴在无名指上，借着烛光细细地端详，泪水盈睫。她明白，这串珊瑚指环在她着实不算什么，可对于跟车卖票为弟弟筹学费的路易来说意味着什么，那几乎需要他吃一个月的泡面才能把这个钱省出来。他希望她喜欢，他特意跑去老街，可他却不敢表达心中的情意，他害怕自己的这份真情拖累了深爱的女孩儿，因此一直忍到了今天，忍到了他们真正确立了恋爱关系，忍到了八年后的这一个情人节。在这八年间，他和她一起日夜劳作，拼命攒钱，没有一句怨言，更没有犹疑和退缩。艾琳明白路易的想法：你随时都可以无条件退出，只要你不退出，我就会陪在你身边。

九

烛影摇曳，红酒添香，厅里的轻音乐像是两只纷飞的蝴蝶，缠绵缱绻。艾琳和路易隔桌相望，不约而同地想到那个夜晚，回到了桨声灯影的新安江上。

艾琳扑哧一笑，甜蜜地回忆说："你知道我那时心里在打什么鬼算盘吗？"

路易憨憨地笑着摇摇头，他怎么可能会想到那里去，那是他做梦也想不到的事情——眼前这个漂亮的女大学生会打他的算盘。

艾琳娇红的脸颊，映着善睐明眸。她说："我在想怎么样才能让你同我一起游黄山。"

路易惊讶地看着艾琳，突然幽默地说："我们车坏在那里不会是你捣的鬼吧。"两个人相视而笑，共同举杯。

"我妈妈接受你啦。"艾琳的声音很低，仿佛是为了这八年的磨难向路易说对不起。

"可我还没能为你买下一套房子。"路易是个执着的人，他愿意用自己的双手为艾琳带来幸福。

艾琳知道，两个人的生意加起来，供一套房子早已不是问题。路易之所以迟迟没有购房，他是不想为了购房耽误生意，毕竟两个人的生活不仅仅是一套房子。她说："妈妈看到了你的努力，你的踏实肯干，还有你对我真心的付出和牵挂，妈妈说，有这些就足够了。"

爱，真爱，不就是这一份你不离我，我不离你的牵挂吗？

整座大厅里响起了“哗哗”的掌声，听上去像是黄山下山路上相伴一路的流泉，这也将艾琳的思绪重新唤回到婚礼上来。路易站在了艾琳的面前，艾琳闻到了他那熟悉的呼吸。就在她伸手接过他那一束鲜艳的玫瑰时，她忽然想到了他写在自己照片背后的两句诗。那张照片是她和他到天都峰挂同心锁时，两个人在山路上随手拍下的。斜插入云的山头，半枯半融的积雪，实在是再难得不过的景致，更因为有了他的那首诗，她感到于她有着极为特殊的意义。

在她的心目中，那是天下最美的情诗吧。她望着他的眼睛，深情地说：“我在路上时，你的心在那条路上。”

路易听到了，轻轻地和一句：“你在路上时，那条路在我的心里。”

那一刻，山河无声，风烟俱静，彼此听得到，对方忠诚的心跳。

第 11 章

就算是为了分离也要与你相遇

Even for the Sake of Separation, I must Meet You

大雾中

一枚黄叶

轻轻叩响我的窗棂

亲爱的

这是你从远方给我写来的信吧

叶面上山川相缪

阡陌纵横

还有这深深浅浅

斑斑点点

可是你记下的漫漫归程

——《除了你，世界与我无关》

一

第一次与她擦肩而过时，他刚刚十八岁。

那是一九五〇年十一月十六日，他所在的那个军作为第二批入朝部队，在吉林辑安（今集安）集合，等待第二天过江。因为从事机要工作，他知道这一批入朝部队，一过江就要充配到东线作战。东线是零下 40 度的风雪战线，志愿军装备不足，好多部队还穿着过江时的单衣，冻伤手和脚的战友不计其数，甚至眼睁睁地看着活活冻僵的伤员死去。他明白，他此去极有可能再也回不来了。

那天晚上，他去吃出境前在国内的最后一餐。他拎着饭盒向建在野外的临时食堂走去。远远地，在柴烟和水蒸气笼罩的白炽灯光中，一位姑娘像是踩着云雾的仙子，向他翩翩而来。他呆怔在当地，浑身如同遭了雷击。她一步步向他逼近，他却无力后退躲避。她长得格外清秀，在与他交错之时，礼貌地同他莞尔一笑。霎时，他便深陷在她那一双黑葡萄似的晶亮的眼睛里。

他听到身后有人在同她打招呼："小庄，多吃点儿。"

"小庄，小庄。"他默念着，发现自己的心脏也正在以这个节奏跳动。

身后的人赶上来，超过原地不动的他。突然又回身盯着他看，然后嘿嘿一笑："小于，干吗呢？想媳妇呢？"

他方才回过神来，看到眼前站着的是负责机要工作的军参谋长。他不好意思地低下了头，脸竟然在严寒之中臊热地红了起来。好在野外灯光幽暗，首长没有看出他的破绽，倒是亲切地拍了拍他的肩膀，开玩笑说："去晚了，肉都要被别人捞光喽——"

那告别祖国的最后一餐，他吃得魂不守舍。有那么几次，话都到了嘴边，他生生地咽了回去。他担心自己不会活着走出战场，那么去认识那个姑娘岂不是要变成她一生的负担。他不停地转过头去，看着身边的参谋长。只是目不转睛地看着，什么也没有问，可是他多么想知道那位姑娘的名字。

二

第二天过江之后，在行军的间歇里，所有男兵都排队剃了光头。他知道，这样做是为了受伤之后包扎方便。他似乎隐隐地听到了前线传过来的枪炮声。

他从帐篷里转身出来，就看到树林深处背身坐着一个刚刚剃完头的新兵。他悄悄走到新兵身后去，却听到新兵一个人在偷偷唱歌：

牙山高，山青青，桃花开了杏花红……

没想到在朝鲜战场上，他还能遇到自己的胶东老乡。他听得出来，这是自己老家那边流传的《旱车调》。他惊喜万分，伸手就搂住了对方的肩膀。

“嗨，小老乡，想家了吧？”他一屁股在新兵身旁坐了下来。

没承想，对方腾地站起身来，条件反射似的往远处跳了一步。他也一个激灵，抬头去看时，蓦地发现那一张脸庞好似在哪里见过，可又一时想不起来。

“你干啥？”对方惊慌地问。

女的！对方是个女兵，这令他倍感尴尬。不过，他随即反应过来，这不是昨天傍晚遇到的那个姑娘吗？那一对水汪汪的大眼睛，那一对晶晶亮的大眼睛，那一对会说话的大眼睛。

“你是小庄！”他惊讶地脱口而出，既而指着她的光头不相信地说：“你也上前线？”

“不上前线我就不来了。”小庄反驳他，紧跟着又问，“你认识我吗？”

他不好意思地挠了挠光头，脸红地承认：“我听见参谋长那样叫你。”

小庄不依不饶地追问他：“你才多大？也叫我小庄。”

不知道是什么原因，听到小庄问他的年龄，他的脸顿时更红了，舌头在嘴里也像是打上了结。他急忙争辩说：“我，我，我肯定比你岁数大，你一看就显小。”

庆幸小庄没有就他的年龄问题纠缠下去，忽然换了一个话题说：“你咋知道我和你是老乡？”

他没有正面回答她的提问，而是径直唱起了自己家乡的《旱车调》——

这小小的女子实可夸，
樱桃小口糯米牙，
两道蛾眉弯如月，
白面红腮似桃花，
巧丹青一见难描画，
月里的嫦娥不如她，
…………

他唱得正在兴头儿上，却见她羞得低下头，一溜烟儿地跑远了。他出神地望着她窈窕的背影，才蓦地想起刚才那几句珍贵的对话里，她竟然没有问自己的名字。

三

部队接到上级命令，迅速向长津湖悄悄集结。

行军途中，空气仿佛被冻住一般，到处充满了死亡的气息。他能感觉出来，莽莽林海，苍苍雪原，四处布满了敌视的眼睛和夺命的枪口。他甚至听到了敌人压抑着的呼吸。大战将临，万籁俱寂。

他不停地接到指令，分秒必争地译出来，再将军部的作战计划和部署拟成电文，交给通讯员及时送给报务员拍发下去。正是因为他们卓有成效的工作，整个军在长津湖的柳潭里西南如期潜伏下来，只等着以“钢铁之师”命名的美海军陆战队一师自投罗网。

两天之后的黄昏，部队终于接到了发起总攻的命令。在他将电文交给通讯员的那一刻，自己特意望向掩体之外的天空。他明白，枪炮是不长眼睛的，如今小庄会在哪里呢？他心中默默祈祷：你可一定要保护好自己啊！生死关头，他想到的竟然不是自己的安危。

硝烟弥漫，炮声隆隆。刚开始他的心还跟着抖了几抖，随着作战命令像雪片一样飞来，他忘我地全身心地投入进去。那些如花瓣般飞舞的弹片，那些像烟花一样在夜空中炸开的炮弹，那些被鲜血浸透了的冰面，那些被尸体堆积着的雪原……在他的眼中，都变成了一个个战争的符号，准确地填写在他的电报单上，通过报务员的手指传送出去。他接到命令：将敌人毫不留情地消灭干净。

他的电文显示：美一师机械化战斗队形被切断，我军已形成四个有效包围圈，我军因寒冷和饥饿造成大量非战斗减员，我军难以突破美军用大炮和坦克构筑的环形防御攻势，然后是三天三夜的僵持，然后是美军向南突围，准备逃离长津湖……

他接到了最新的作战命令——炸掉水门桥，夺取黄土岭。

四

然而，这一次的命令却没能在第一时间拍发出去。负责传递电文的通讯员跃出坑道不久便在途中牺牲了。

他急红了眼，如果电文落在敌人手里，被及时破译出来，整个作战就会陷入被动，多少个弟兄有可能白白送命。只有他记得电文编码，就算被敌人俘获了，敌人也不会获得任何凭据。他不顾别人的阻拦，抓起一顶钢盔，丝毫没有迟疑就冲出了掩体。

地冻如铁，根本无法挖出壕沟坑道。他只能趴在冰雪上，一寸寸地匍匐前进。子弹在他的耳边呼啸飞过，打断的树枝从空中散落下来，炸弹钻进深雪之中猛然迸裂，他的视线里开遍了玉树琼花。他无法辨别方向，仅凭着记忆向着前方艰难地爬过去。

在那漫长的爬行里，每一秒他都有可能死去。他已经听不到枪炮声了，只有通天的火光不时地从他眼里耀亮夜空。他微笑着，忽然又想到不知身在何处的小庄，他在心里对小庄说：你看，我不是小孩子，我很勇敢，我是真正的男子汉。

最后他一个翻身滚进了报务员的掩体。他迫不及待地说：“快，快把命令发出去。”

然后，他坚定而又自信地一个个报出编码。然后，他听到发报机响起了极富节奏的“叮叮”声。

当最后一个音符落地，他胜利地笑了，眼中含着泪光。报务员向他转过身来，两个人几乎是在同时看到了对方的脸庞，然后他不相信似的指着对方惊诧万分地说："是你！"

他做梦也没想到，在这战火纷飞、出生入死的疆场之上，始终与自己并肩作战的那个人，竟然是他朝思暮想的姑娘。

五

水门桥三次炸断，美国人三次修复，最后一次竟然动用了大型运输机，靠巨型降落伞空投了连夜在日本建造的钢木桥梁。

而我们派去死守黄土岭的整整一个连队，一百多名战士呈战斗队形散卧在一条线上，手持武器，目视前方，全部冻成了晶莹的冰雕……

长津湖一战，狼狈的美海军陆战队一师得以侥幸逃脱，从兴南港全速撤退。他总在遗憾，如果那位送电文的通讯员没有牺牲，如果我们的作战命令能够早拍发出去半小时，也许战争最后的结果会不一样，也许在美军撤至水门桥的狭窄通道时就能形成合围，也许那一支连队就不用再被派遣去死守黄土岭。

盼望已久的春天蹒跚而至。在庆功大会上，他听到那一支冻死在黄土岭上的连队的英勇事迹时，脸上流下愧疚的泪水。坐在一旁的她悄悄递过来一方手帕。大会结束之后，他跟着她走出了地下礼堂。他局促不安地搓着两只手，只管对着她笑，却不知道从哪里开口。还是她自然大方，微微一笑，像是调皮似的说："原来我收发的电报都是你译的。"

"啊，原来我发的电报都是你拍出来的！"她的一句话打开了他的话匣子。人家都没有问他，他像竹筒倒豆子似的一股脑儿地全都讲出来了。“我家是栖霞的，家里除了爹娘，还有一个姐姐，姐姐已经嫁人了。我初中毕业就参了军，在连部当了一年通讯员，被挑中了，接受机要译电训练。你也知道，这次战斗我才立了三等功。”

她没有打断他，只是静静地听着。她以为他讲完了，刚刚抬起头来，又听到他补充说：“我今年十八岁。”

她也回答他说：“我也是十八岁。我是十月里生人。”

他立刻得意地说：“看看，我说你显小吧。我是五月里生的，比你大半年呢。以后我还得叫你小庄。”

她笑了笑，未置可否。见他没话说了，才说：“我生在烟台，父母都是老师。一九四八年春天，那时候国民党还没撤，姐姐带着我混出封锁线，准备逃到咱们的根据地来。有一天走在路上，被岗楼上的敌人发现了，敌人冲我们开枪，姐姐拽着我猫腰跑进一条大沟里，子弹从头顶上嗖嗖地飞过去，才算捡了一条命。我们到了根据地，姐姐去了党委机关报做记者，我年龄小就被送到了通讯学校。”

他由衷地赞美说：“嗬，你可真勇敢！”

她回敬他说：“那也不如你啊，你都立功了。”稍停了片刻，她略显犹豫地告诉他：“我写申请了，我不想跟着部队撤回国，我什么都还没做呢。”

他望着她，立刻便懂得了她的意思。他坚定地说：“那我也给领导写申请，我也要留下来。”

她听他这样说，心里很高兴。趁他不注意，一转身在树下掐了一枝金达莱，轻轻地别在了他的上衣口袋里。

她没有同他道别，走出一段路去，又回过头来笑意盈盈地着向他招手。

六

他如愿以偿地留下来了，等他入队报到的时候才发现却没能与她分在一起。

沿着“三八线”的拉锯战持续了一年多。每当枪炮声渐渐稀落下来，他都会不由地想起小庄。他知道，即便他和小庄没有分在同一个部队，他们的电报信息也总会在战场的某一处相会交融，那分明就是他和她还连在一起。他会掏出小庄递给他擦眼泪的那一方手帕，手帕上仿佛还留有她的体温。他会想到那一支插在他胸口的金达莱，还有小庄轻轻回眸送给他的嫣然一笑。他不是没有想过，等战争一结束，他要在第一时间找到小庄，向她表明心迹。

停战协议终于在板门店签订了。他这次真的可以回国了，他乐观地估计，马上就要和她见面了。一想到他可以见到小庄了，他的心里又开始打鼓：她家是烟台，一家人生活在城市，而自己仅仅是一个从农村里出来的穷小子，我能配得上她吗？她会接受我的爱情吗？

回国的列车上，他从头走到尾，每节车厢里都没有遇到小庄。过江之后，在丹东休整的时候也没能找到她。在沈阳的欢迎大会上，他又一次走上了主席台领取军功章，可这一次再没有那位姑娘等着他与他分享荣光。他原来忐忑的心更加不安了起来。她病了？她受伤提前回国了？还是她？他不敢想下去了，他强迫自己不要胡思乱想。心慌意乱的他竟然没敢去机要部门打听一下小庄的情况。

他服从组织安排，立刻到一座海岛上的要塞部队去做机要组长。两年之后，他回家结婚，是姐姐为他介绍的对象。他不能回家尽孝，爹娘老了，身边不能没有人。第二年，媳妇就为他生下了大胖儿子。

只是那一方手帕，他洗得干干净净，叠得整整齐齐，永远放在最贴身的内兜里，为他包裹着心中最隐秘的那一道不可触碰的伤痕。

七

他转业回地方那一年，他们军区的副司令员专程到小岛来为他送行。副司令员正是他入朝作战时的机要参谋长，那个时候就特别喜欢他，这些年来虽说没有见面，但他的每一步成长都凝聚着老参谋长的心血。

那顿饭他坐在老首长的身边，也许是年龄大了，也许是多喝了两杯酒，到后面他渐渐放肆起来。趁着酒劲儿，他主动把话题引到了那一场残酷的战争，然后他像是不经意地问起了小庄。

老首长一眼看穿了他的心思，盯着他的眼睛，佯装认真地问：“小于，你说心里话，你当年是不是喜欢人家小庄？”

事情过去多少年了，经这一问，他的脸还是不由自主地红了。他低下头，仍有羞涩地说："我哪里敢高攀啊，咱土生土长在农村，人家是城市姑娘。"

"你看看你，喜欢就是喜欢，什么城市农村，这么多年都不敢承认。"老首长遗憾地说，"你就不如人家小庄，我知道，小庄当年喜欢你。"

他猛地一个激灵，人像是刚从冷水里爬上来。他不相信老首长的话，他问："你怎么知道？"

老首长哈哈笑了，如同分享一个早已过期的秘密。他说："入朝作战前，是小庄找到我提出来愿意和你分到一起。"

"啊？"他恍然大悟。他的眼前分明浮现出当年他滚进掩体的那一幕场景，那个日夜为他拍发电报的姑娘向他转过身来，脸上带着胜利的微笑。

"那小庄后来怎么样了？"问题一出口，他的心就跳得七上八下，当年那种不祥的预感又一次袭上心头。

老首长放下手上的酒杯，略作停顿才说："你们俩不是都申请继续留在朝鲜战场了吗？你会不知道？"

他的心在流血，他的眼泪几乎就要溢出了眼眶。他说："我们没有分在一个部队。停战后回国，我一直都没找到她。她是不是……"那噙在眼里的一大颗泪珠，终于滚落下来。

老首长指着他的一双泪眼，突然开怀大笑了："还说不敢喜欢人家，瞧瞧你这没出息的样儿。我告诉你吧，小庄没有牺牲。"

他破涕为笑了。然而笑的同时，高兴的失而复得的泪水却还是不停地淌出来，似断线的珍珠。然后他看到老首长的脸色凝重下来，继而听到老首长接着说道："可是她在战场上负伤了，提前回到国内，所以你那个时候不可能找见她。”

“她伤得重吗？”他试探着问。他根本不知道自己该怎么问出这个问题。他的心已经跳到嗓子眼儿了。

老首长没有看他，好似在回忆当年的情景，最后无比艰难地说：“听说伤在了脑袋上，那个时候人们都以为她活不了了，可她硬是挺了过来。”还不等他喘口气，老首长的眼泪涌出了眼眶，“没有人知道是什么力量支撑着她挺过来的，因为她……受伤前所有的……记忆……都丢失了。她连自己的名字……都忘了。”

“小庄到底叫什么名字？”问出这个问题，他竟然用去了半生的时间。

老首长不无惋惜地说：“小庄的名字好听，她叫庄悦容。”

八

从老首长那里，他得知在小庄身体康复后，部队便安排她转业到青岛的一所中学里工作，之后她的工作生活情况老首长也不清楚了。

庄悦容——这是历经生死二十多年之后，他第一次知晓她的名字。那一天，他生平第一次喝醉了。老首长没有制止他，走的时候怕他着凉还为他掖紧了被角儿。

离开海岛登岸之后，他没有按照原计划直接返乡，而是买车票去了青岛。在青岛的邮局营业厅里，他借到了一本厚厚的电话簿。他屏住呼吸，翻到了学校电话栏，一头扎进电话亭里去，依次拨打起来。

“请问咱们学校有叫庄悦容的老师吗？”他问，无数次地问。

“没有。”他等来的都是同一个回答。

他已经来到了青岛，怎么会轻易放弃？当他拨打到第二十一所某个老牌企业的子弟中学时，对方是个女孩儿，在电话那端犹豫了一下，没有正面回答，然后十分谨慎地问：“请问您是……”

他极害怕对方挂断他的电话，连忙回答说：“我是她入朝作战时的战友。我们好多年没见过面了。我到青岛来，很想见见她。”

对方又是一阵迟疑，过了一会儿才说：“那你来吧，我到校门口等你。”

他不顾一切地打开电话亭的门，冲出了邮政局，截下了一辆出租车，风驰电掣地向那所学校狂奔而去。

果然一个穿连衣裙的年轻女孩儿在校门口正等着他。她自我介绍说是学校办公室的小杨，然后一边领着他走进校园，一边试探着问：“你们认识的时候，她已经受伤了吗？”

他如实说：“还没有。她那时只有十八岁，比我还小五个月。”

小杨停下了脚步，他也跟着停了下来。小杨无奈地笑了笑，神情却有几分严肃。她说：“她平时在我们学校图书室工作。出于对她的保护，请您见面之后称呼她小于老师好吗？”

他顺从地点点头，没有反应过来。小杨还在嘱咐他：“见了面，还是不要提那些过去的事情吧，不知道那样对她好还是不好，反正她都已经不记得了。她的档案上名字叫庄悦容，可是她却记得自己叫小于。”

他木木地听着，看到甬路尽头的柳荫里站着一位中年女老师。她穿着一件藕荷色衬衫，短发齐腮，手上托着几本薄厚不均的书。他还看不清她的面容，可他却能感受到她那一双黑亮黑亮的眼睛，仿佛是闪耀在夜空中的星星。

小杨在前面叫一声：“于老师，你有朋友来——”

他的泪唰地从眼眶里飞出来。

甬路变得模糊起来，柳枝变得模糊起来，阳光变得模糊起来，操场上追逐嬉戏的儿童们变得模糊起来，整个校园都变得模糊起来……只有她的笑容从模糊中脱颖而出，渐次清晰无比，瞬间打翻了他尘封的记忆。她那一张明媚的笑脸，仿佛经过了时光的过滤，被他胸口上的那枝金达莱映得温暖如春。

第 12 章

我想和你共度余生

You Are the One Who I Want to Share the Rest of My Life with

亲爱的，多少年以后
我们都将离开这个世界
去到轮回之国
又过多少年
我们终将被世界遗忘
再不复有人记得
亲爱的，离去和遗忘
我只有小小的难过
可是一想到
我对你的爱
也将永无人知
这巨大的悲伤
一瞬间，将我吞没

——《除了你，世界与我无关》

一

她钟情于他时，才二十岁。那是一个女孩子最好的年纪。

他四十岁，是她的大学老师，教授诗歌理论。整个人挺拔儒雅，风度翩翩，在全国诗歌界声名日隆。她最抵挡不住他的笑容，那么温厚、和煦，像冬日里的一抹暖阳。她一头栽了进去，本科毕业时毫不犹豫地报考了他的研究生。

他心里更是不可抗拒地喜欢上了她，为她的灵气，还有她如名字一样变化多端的性格。

在她眼里，周山老师是完美的，周山老师的家庭也是完美的。周老师的爱人是一家国企的工会干部，能歌善舞。他们还有一个乖巧的宝贝女儿，长睫毛忽闪忽闪的，像一个讨人喜欢的芭比娃娃。在无数个风吹云散的夜里，云儿都要深深地责怪自己。我怎么可以去爱周老师呢？去破坏一个完美的家庭？去眼睁睁地看着一件完美无瑕的东西被自己狠心地打碎？有人曾说过，悲剧就是把美好的东西撕碎给人看。这不就是在提醒我吗？这样的爱只能是一个悲剧，一个地地道道的悲剧。天亮了，她将自己掩藏起来，将满腔的爱也藏得严严实实，然后坐在周老师的对面，去听他讲述诗中记载的那些震古烁今的爱情。

他在没人的时候，低声唤她云儿。

她偏要不苟言笑地叫他周老师。

在研三下半学期，她本来已被确定留校教授当代诗歌。可是有一天，她突然听到周老师的爱人来系里大吵大闹。她实在不忍心破坏师母在自己心目中端庄美丽的形象，所以她没有主动出门劝阻。她不晓得师母是为了什么事情，她善良地以为，只要自己没有瞅见师母狼狈不堪的模样，周老师那完美无缺的婚姻就还会持续下去。

她做梦也没想到，师母嘴里那个专门以破坏别人家庭为己任的绿茶婊，正是她。

二

她放弃了留校的机会，逃开众人的白眼，利用最后几个月的时间，考取了南方一所大学的博士生。

她南下没有多久，就听到了周老师离婚的消息。他净身出户，主动把一切财产都留给了妻子女儿。他在校园附近租了房子，孤身一人，背负着道德的重压，进进出出。也正是因为这次婚变，周老师失去了原本内定晋升院长的机会。

坐在木棉花开的校园里，她心疼地哭了。她好想飞回到他的身边，哪怕是为他烧一壶热水，为他拧一条热毛巾，为他煮一锅红枣饭……痛哭过后，她最终说服了自己。她不能去，她不能因为自己一时冲动，毁了他一世清白。

忍到中秋节，她心怀忐忑地为他写了一张明信片。上面也只有平平常常的一句话：但愿人长久，千里共婵娟。

就在她寄出明信片的同时，竟然收到了他从北国邮来的卡片。他在上面也只写了一句诗，竟然和她写下的那一句心有灵犀似的对称：海上生明月，天涯共此时。

她又禁不住潸然落泪。她对他的爱，他心里是真的懂的。当她说出要报考博士生，他没有阻拦她，还为她给自己的师兄写了一封推荐信。也正是这封信在她最后的面试阶段起了决定性的作用。现在她选择不去看他，他也是理解的。他知道她不会忘了他，他们还需要时间，让时间来给他们的爱一个公正的宣判。

果然，那个贼喊捉贼的师母不小心露了马脚。是她看中了上司的一掷千金，开始嫌弃周老师咬文嚼字，早已经被上司抱上了床。在与周老师离婚不到半年，就风光无限地嫁为人妻。也直到这个时候，校园里才传出了对周老师的同情之声。

只是这同情，更刺痛一个男人的心。他停止了诗歌研究，破天荒地写起了诗。他的诗从不发表，都是在深夜里一个人独酌时慢慢地沉吟。

三

她想放弃学业回到他的身边。他知道了，坚决不同意。

他不止一次地对她说，你那么年轻，如果碰到好小伙儿，就不要犹豫了。

她却从来没有对他说过，其实她一直在父母的期待和命令中不停地相亲。只是每一次见了面，她说的第一句话就是：对不起啊，我有男朋友，还没跟家里说，这次相亲是家人逼着来的，不然怕老爸犯心脏病。

她不是没有追求者，可她的心从来都在他的身上。这次她任性起来，她要挟他说，我可以不放弃学业，但你必须跟着我去见我的父母。

他实在拗不过她，其实心里还是宠她。他同意了，答应这个寒假就跟她回家。

为了让父母有个心理准备，在她和他约好的前一天，她还是硬着头皮将他和盘托了出来。令她意想不到的是，她的父母表现出了坚决反对的态度，根本没有给她解释的余地。自小她便是父母心尖儿上的那块肉，噙在嘴里怕化了，捧在手里怕碎了，要星星给星星，要月亮给月亮，她以为无论自己做什么父母都会一百个赞成的。可是这一次，父母竟然像是换了人一样，没叫她看到一丝希望。更教她不知所措的是，她的父亲心脏病突然发作，打 120，安排住院，一家人乱成了一锅粥。

等接到他已到车站的电话，她刚从医院餐厅里为父亲定做了早餐回来。她望着病床上脸色苍白吸着氧气的父亲，只是含含糊糊地告诉他在车站广场等着，然后才寻了个机会从医院里出来。

她远远地就看见他孤身一人站在广场上，身边是大包小包的礼品。他原本没想到会等待这么长时间,他穿得实在太单薄了。他茫然地四处张望，双手不住地搓着耳朵，嘴里冒着大团大团的白气。

四

匆匆安顿了他，她又不由分说地跑回了医院。那个夜晚，她直到半夜十一点才从医院脱身，而他一直在一家宾馆里等着她。

在如此漫长的等待里，他从一个成熟男人的角度去想，大概已经猜到了事情的前因后果。尽管她没有告诉他父亲为了他们的事心脏病发作住院，但他兴冲冲地如约赶到这座小城里来，而她却没能在第一时间将他带回家，这个变故就已经说明了一切。

她还是来了。他紧紧地看着她，假装轻松地笑笑，希望能缓解她心中的压力。

她说:“周老师，大冷的天叫你赶过来，也没能好好陪你，你自己吃了点儿什么没有?”

他还是笑笑，又说:“你不用担心我啊，我没事。”

听了他的话，又不经意瞥见他鬓角处闪出的几根白发，她的眼珠子忽然就疼了起来。可是她咬着牙，将漾出的泪水生生挤了回去。她不能叫他看见自己的苦楚，她应该给他带来幸福才对。她也笑了笑，站起来说:“走，咱们出去找个吃饭的地方。”

他不会拒绝她，穿好衣服跟着她往外走。刚走到大厅里，他看到外面的地上已铺上了厚厚的白毯，空中还飘着大朵大朵的棉絮。他轻轻惊讶地说：“咦，下雪了。”

她才抬起头来，仿佛刚才看不到纷纷扬扬的大雪。两个人站在宾馆门外，本来想拦一辆出租车，可是好久也见不到车的影子。于是她提议说：“咱俩就这么走走吧。”

他很高兴，在一座初来的小城，一个陌生的深夜，一场漫天而至的大雪，一路格外昏黄斑驳的灯光，还有这盛开在天地间的银花……这是大年初六的年夜，街上几乎所有的门店都打烊了，整座城市似乎也只有这两个人。他们默默无语，只管走着脚下的路，在每一个路口都随心所欲地转弯。她不知要去哪里，他也不知会去到哪里，对于她和他来说，去哪里并不重要，重要的是她和他在一起。

等在一个隐秘的街角看到一窗温暖的灯光时，她和他同时停下脚步。她这才想起，她带他出来，是为了应付两个人的肚子。他们走上前去，推开了“半闲时光”酒吧的门。

五

老板是一个忧郁的女人，酒吧的装修格调也略感忧郁。她放的曲子也像是一根缠绕不断的发丝，极轻极细，若隐若现，却又在心里挥之不去。

她和他隔着一杯烛光坐了下来。老板亲自走了过来，手上除了饮品单子，还有一枝幽蓝色的马蹄莲。他接过单子去看，老板将花顺手插在她手肘处的小瓶中。她被那一抹幽蓝吸引着，整个人仿佛坠入了深邃的夜空里。

她模糊地听到老板在问：“不来两杯酒吗？”

她听出老板语气中的意思：这个时节，这样的天气，两个人，一男一女，从家里出来，不是为了继续某个故事吗？谁相信只是为了吃几块甜点呢？

果然老板是对的。她转过头来，轻轻地对老板说：“要一瓶波尔多红酒，十年的吧。”

他喜欢喝红酒，她当然知道。可他犹豫着问她：“你真的要喝酒吗？不累吗？”

她盯着他反射着烛光的眼眸，如一泓沉静的湖水。她肯定地说：“要喝，你来了，我应该请你喝酒。”见他要反驳自己，她以手制止了他，“不是客气，我印象里咱俩还从来没有喝过酒呢。我想看你喝酒的样子。”

他无法拒绝她，他的心里明白她的疲惫都是来源于那一份不被家人接纳的爱。他为她斟上一杯酒，她便擎起来，在杯壁上缓缓摇晃，用一种无法言说的眼神抚摸他的脸。从额头到嘴角，任何一处都不想放过，包括他细碎的眼尾纹。

“来，周老师，干杯——”她仰起了头，泪水无声滑落下来，从夜色深处传来“啪”的一声脆响。

他晓得没有什么话可以安慰她，于是只与她轻轻碰一下杯，送到唇边，随着她一饮而尽。

然后在缭绕的乐曲里，她和他就重复着这句话，一杯杯地喝了下去。他和她同那首曲子一样，深陷在无法脱身的迷宫里，走不出去。

"周老师，你知道我爱你吗？"迷蒙中见他点头，她含着泪又说，"你知道我有多爱你吗？八年前，第一次听你的课，你从门外进来，一步跨上讲台，单薄的眼皮儿，单薄的嘴唇儿，连眼神都是那么单薄而干净的，你那么微微一笑，我的心就化成了一汪清水。我沉溺在你的笑容里，那一节课，一个字我都没有听进去，就那样傻傻地看着你，你哪里会知道？"

六

那个夜晚，她睡到他的床上，他坐在对面的茶几上，边看着她边写一首诗，直到天亮。

她说的醉话可能连她自己都未必记得清楚，可他听她一遍遍无休止地重复，他便懂得有他在她身边是多么重要。

她几乎是被他半抱在怀里回到酒店的，一路上，在无垠的大雪里，她只说一句话："周老师，除了你，我谁也不嫁。"

当她在夺目的阳光中醒来，翻看手机，已经时近中午了。下床查看，他的行李都不见了，那些带来的礼品同她的手包放在一起。她确认周老师应该是离开了，可她竟然一点也不记得昨晚是否得到他的回答，他的回答又是什么。她看着自己完好无损的衣服，显然周老师是个谦谦君子。可她多么希望在酒精的催化作用下，他能对她做些什么，哪怕就是狠狠地吻她也行啊。

她略感失望，想起尚在医院里躺着的父亲，才赶紧起床，匆忙梳洗。她抓起手包，拎上沉甸甸的礼物，向医院里踉跄而去。

在一处无人的路边，头昏脑涨的她忽然在雪地上滑倒。她顾不上脚踝疼痛，狼狈又顽强地站了起来。她拉开手包想擦擦手，却看到了一张折叠十分整齐的信纸。

她忽然明白过来，那应该是他留给自己的答案。她小心翼翼地展开，是他手写的一首诗：

贪杯无妨，
壶盏里尚有清风夜露，
我不准你去投身红炉，
不准你去尘世受苦。
便这样沉寂吧！
只把持久的黯淡守成微光，
静观诸多色彩纷纷瓦解，
尚有这白，
这心无城府的白，
这离群索居的白，
定格成绵绵不绝的广袤，
让人时起浪迹之心。

在诗的最后落款位置，她一眼看到了题目，一字一字地默念在心里——与我对饮的云。蓦然，她像被人抽掉了筋骨，重新跌坐在雪地上，眼泪簌簌而落。

七

两年之后，她博士生毕业，因为与原来的学校有培养协议，她回到了阔别多年的熟悉的校园。

她想着给他一个惊喜，没有告诉他自己的行程。她最先去看了他在校园旁边租住的房子，只是她没有敲门，她不确定他在不在家。当她回身下楼梯的时候，却听到从下面的楼梯上传来了一阵忧悒的脚步声。她停下来，细细地听着并判断出是他。

听着他的脚步声，她的心狂跳起来，还像是一个为爱紧张不止、无法控制自己的少女。看到他柔顺的头发，柔软的耳朵，细长的眉毛，挺直的鼻梁，薄而性感的唇线，她甚至嗅到了他呼出的气息。

他于她的注视之中，转身上来，手中拎着鼓鼓的购物袋。

她深吸了一口气，仿佛没有喊他的勇气。她凝望着他，轻轻地说："周老师，你回来了。"

他听到她的语气，如同是她派遣他去买菜之后，一直守在他回来的门口。他仰头看着她，并没有过多的惊喜，恍若她正是责他去买菜的那个人。一切都是那么自然，甚至出乎了她和他两个人的意料。

她笑着接过他手上的袋子，像个孩子似的急着打开。里面除了两根绿绿的莴笋，还有一包鲜红的荔枝。莴笋和荔枝都是她最爱的果蔬。她惊诧，他怎么知道自己会选在今天报到。

跟在他的身后进到屋里，处处窗明几净，收拾得整整齐齐。

来到卧室，她看他快她几步进来，慌乱地从床上、桌上、窗台上拾起带字的纸片，几乎处处是散落的洁白的纸片。她不用问也知道，那是他的诗，在深夜里创作完成，并且只会在深夜里变成孤独的思念的回想的爱着的诗。

她的眼珠顷刻间被人撒进了几粒盐。她害怕他会看到，悄悄一个人躲进厨房里去。她看到在门后的垃圾筒里，是倒掉的残剩的炒莴笋。她又去拉开冰箱门，里面果然排满了一袋袋的荔枝，鲜红、暗红、浅褐、淡黄、干土、轻乌和黑斑……

原来从得知她会回来的那一天，他就盼着她的到来了。

八

她和他并没有像人们想象的那样理所当然地结婚，而是各自过着各自的单身生活。她每天为他扫地、洗衣、做饭，然后他写诗，她读诗，保持着圣徒般的灵魂之爱。他们这样选择，真的令人匪夷所思。

有一次在观天下商城，她去帮他挑选空气净化器。一转身，竟然遇到了已嫁为人妇的师母。她十分尴尬，本想装作不认识低头离开。可师母还不待她离去，上前一把捉住了她细白的手腕。她知道，自己可能会遭遇一场羞辱，便硬下心来等着。

没承想师母另一只手也攀上来，亲热地问："你们怎么还不结婚？"

她一愣，她和他没有结婚，竟然连师母也为此着急。师母摆弄着她的手，仔细地看她手背上冒出的一粒斑，心疼地说：

"女人的好年纪就这么几年，你还拖什么？"

她见师母没有恶意，便邀请师母到商城的咖啡厅里小坐。在咖啡的苦涩中，她缓缓地向师母诉说——那一年，当她带着一身泥泞和大包小包的礼物赶回医院，当她来到父亲的病床前，当她将手上的礼物交给守夜的母亲，当父亲冷不丁地从病床上坐起来问她昨晚去了哪里，当父亲一眼盯住她慌乱躲闪的眼睛，当她无奈地承认那是他从省城为父亲买来的补品……父亲一跃而起，从母亲手中夺过礼品，使出浑身之力从病房的窗户扔了出去。她和母亲的目光都停留在飞出的礼物上，没看到身边的父亲是如何仰面朝天地倒在地上的。经过抢救，父亲的命是保住了，可由于是大面积脑血管出血，最终还是落下了严重的偏瘫。每每看到拖着口涎的父亲，看着为照顾父亲日夜无眠迅速衰老的母亲，她再也没敢为和他的结合提过一个字。

师母自是性情中人，听了她的话唏嘘不止，惋惜地说："你打算就这么等下去吗？也许时间过了这么久，说不定你的父母不会那么坚决地反对了呢。"

时间过了这么久！有多久了啊？这句话提醒了她，回头一想，不免心下一惊，从她回到这个城市里来，还有三个月就十个年头了。坐在幽静的咖啡厅里，她顿感时光似万马奔腾，搅起了万丈红尘，向她扑面而来，在眼前飞扬、翻卷，滚滚而落。

九

她和他终能成婚，是因为一次单位体检的误诊。

到了拿取体检结果的日子，他来到学院的办公室里，本想连她的一并取走，可是上翻下翻，始终找不到她的体检书。他疑惑地望着文书，不清楚是怎么回事。

人们都晓得他与她的苦恋，文书略显慌张地告诉他，她的体检书自己已经拿走了。他有些不相信，她怎么可能会忘了取走他的呢？出了办公室，他径直到她的教研室找她，看她正专心志致地备课，并无任何异样。他在她的对面坐下来，看着她不去打扰她。她应该是感知到了他的到来，可她没有抬头看他，更没有同他讲话。

片刻之后，他细心地发现她抚着书角的一只手在颤抖。他伸手抓起她，便跟着她狂抖了起来。她的泪珠子砸在他的手背上，她嘤嘤地说："我不该误了你。"

她抽出了自己冰冷的手。他的手又追过来，捉住再也不放开。他看到了她夹在书中的诊断证明书，那是一张肠癌占位的诊断。他走过去，抱住她如同深陷于暴风雨中的身体，在她耳边轻声而又坚定地说："我要娶你，给你世界上最好的婚礼。"望着他坚定的眼神，她情不自持地倒在了他的怀里。她的生命将尽了，她不想再顾及别人的目光。

医院长长的走廊里，他迎接着她来自小城的父母。两个势不两立的男人，在那一张诊断证明面前，从仇敌迅速和解。

她说："我不想让朋友们看到垂死挣扎的样子，我不想让别人同情我可怜我，我要风风光光地站在你的身旁。"他含着泪答应了，他知道她的所思所想，她为了这个即将到来的婚礼特意延迟了化疗的时间。

他主动染黑了头发，这是他原来从不在意的小事。她看到他从病房门外，一步跨了进来，单薄的眼皮儿，单薄的嘴唇儿，连眼神都是那么单薄而干净的，他又是那么微微一笑，她的心就化成了一汪清水。这多么像是十多年前，她初见他的那一幕。可是今天，她的生命却是在向他慢慢地告别。

十

他安排好带她出去挑选最美丽的婚纱，带她到霜叶染红的山谷里拍婚纱照。

他们的婚礼依照她的心意，就安排在校园里那条长满银杏树的大道上举行。金黄的秋阳，金黄的银杏叶，衬得天空是那样蔚蓝如洗，映衬得她如此洁白，圣洁如天使。

轻柔的音乐响起来了,她和他相视而笑。因为这音乐正是“半闲时光”酒吧里那一曲。在舒缓的乐声里，路过的师生们都感于他们的爱情而驻足，准备送上他们心中最美好的祝福。直到此时，在到场的亲朋好友中，他和她同时发现唯独少了一个人，那便是为了保护她身体安全专门约好的伴郎——她的诊断和主治医生。

时间一分一秒地过去，小医生的手机一直处于无人接听状态。作为医生,随时都有可能进入紧急工作岗位,他们都能理解,只好示意主持人准备开始。

主持人迟疑着走上了舞台，便一眼看到了从大道另一端西装革履奔跑而来的伴郎。伴郎一只手高高地举起，摇晃着一张白纸。

主持人示意大家站好自己的位置，当然也包括这位不守时的伴郎。可是伴郎好像是惯性使然，一个箭步冲到了台上，夺过了主持人的话筒。全场的人们吃惊地望着他，不知道他会说些什么。她和他更是怔愣在一起，两只手死死地攥着。

她先是听到了自己的名字，继而她认真地听着一个仿佛从天上传下来的声音——癌，是，误，诊！

她不敢相信，自己起死回生了，又回到了他的身边。他转过泪水潸然的脸，望着她，紧紧地抱着她，深情地吻她流在脸上的泪水。

整个校园里充满了潮水一般的欢呼声，那些学生将手中的课本高高地抛上天去。那些写着字迹的白纸与银杏叶一起缀满了蓝天，落下时更像是一封封写满了海誓山盟的信笺：

我不准你去投身红炉，
不准你去尘世受苦。
便这样沉寂吧！
只把持久的黯淡守成微光，
静观诸多色彩纷纷瓦解，
尚有这白，
这心无城府的白，

这离群索居的白，
定格成绵绵不绝的广袤，
让人时起浪迹之心。

他抱起天使般的她，在明媚的阳光中旋转，仿佛永远不会停下来……

第 13 章

遇着你，跟着你

When I Met You, I Followed You

我渴望在这个世界上
能留下一丝微茫的痕迹
用文字、音乐、书法、绘画
凡我所能用到的一切表达方式
千百年之后，或许有人
会循着这一丝痕迹出发
找到我又找到你
如同发掘一座深埋地下的矿藏
我们的故事得以重见天日
亲爱的，你想过吗
在那个我们无法抵达的时空里
你的名字和我的名字
还可以紧紧拥抱在一起
当有人想立下忠贞不渝的誓言
就要从我们生命中汲取勇气
到那时我们的爱情
将因此被赋予超越一切的
永恒的意义

——《除了你，世界与我无关》

一

我小时候不知道六爷爷的大名，依照村里人对他的称呼，也叫他阿昌吧。

六爷爷和我家并不是亲戚，村里的小孩子都叫他六爷爷，他只是辈分大，在我记事的时候，他其实还是个年轻人。

六爷爷的爷爷是村里的老财主。他的叔伯和兄弟们都在山外面的大城市里做事，是村里唯一一家见过世面的人。斗地主分浮财的时候，年龄最小的阿昌因为被断了供给，只好从县城辍学回到村里来。阿昌生得体态丰仪，相貌堂堂，走在村子里真像是鹤立鸡群。不知从什么时候开始，村子里刮起了关于阿昌的流言。人们都在悄悄地议论，说阿昌在县城里眠花宿柳，惹得下身得了梅淋病，那东西散发着糜烂的异味。不晓得是不是这个原因，阿昌一直单身没有成家。出于小孩子的好奇，我一直想找个机会验证一下。可是阿昌不像村里的男人们那样随处小便，他从来都是躲开人群。在他身边那么久，我甚至都没听到他在人前放过一个屁。村里的大姑娘小媳妇暗地里没少谈论阿昌，她们不避讳像我这样的小孩子。每每我和阿昌提起她们的话题，阿昌总是低着头深深地叹息。

就是这样一个与世无争的人，还是因为一件事被搞得半疯半癫的。村子里只有阿昌一个人有文化会算账，尽管出身不好，没办法只能让他戴罪立功当了生产队的会计。有一年年底的时候，突然出现了一小笔不翼而飞的钱款，经过筛查几位经手人，因为别的人个个根红苗正，最后嫌疑不由分说地落到了阿昌的头上。人们都以为平时不言不语的阿昌这次肯定吓破了胆，会一口应承下来，求一个从宽处理。哪知道阿昌的骨头出奇地硬，脖梗子直得像钢筋，无论怎么做思想工作，死活都不打弯，坚决不低头认罪。那个年代，相比于这件事本身，人们更看重一个人的认罪态度。遇到阿昌这样冥顽不化的人，公社里负责查办此案的领导已是恼羞成怒，先是村子里开始批斗，继而上报到公社和县里，阿昌天天生活在无休止的游街和羞辱之中。

在全县批斗大会上，一位主持批斗的领导突然心血来潮，叫嚣着要群众看看资产阶级腐化堕落的生活。他命令人们将毫无抵抗力的阿昌扒得精光，企图让他糜烂的下身暴露在光天化日之下。可是全县的人们都看到了，阿昌的下身是满满的一大捧，乌黑锃亮，完好无损。

那次批斗后回到村里，阿昌精神就恍恍惚惚，变得不太正常了。他常常对着空气，说一些莫名其妙的话。只是他还和原来一样喜欢小孩子，我们不怕他，从不像大人那样离他远远的。

二

如果没有喜棉的到来，阿昌的一辈子也就这样过去了。

喜棉是怀里抱着孩子来到我们村的。她挨家挨户地敲门乞求救救她的孩子，可是没有人愿意帮她，直到她绝望地倒在了阿昌的门前。

“大哥，我是从山那边过来的。前几年闹饥荒，爹娘都活活地饿死了，撇下我一个人孤苦伶仃地过日子。我是个弱女子，从来没干过地里的活，手不能握，肩不能挑，眼看着就是死路一条了。多亏了同村里有个岁数大的农夫主动来帮我，总算是救活了我一条命。我没法报答人家啊，只好嫁给他，为他洗衣做饭，生儿育女。只可惜他没这个福啊，我这儿孩子刚怀上，他就无端地跌死在了山里，狗啃狼嚼的，连个囫囵尸首都没找见。我是白天哭夜里盼，挺着越来越大的肚子挨过了将近一年。这孩子生是生下来了，打从一落地就是病恹恹的，我身上没奶水，家里又断了炊，更别说什么营养品，这一来二去，孩子就落下了病根儿。这几个月里要死要活的，大哥，你快快救救我的孩子吧，我求求你了。”喜棉哭诉着，双手摇撼着阿昌的腿。

阿昌蹲下来，凝视着女人泪汪汪的眼。他说：“我救，你别哭了，快起来吧。”

女人松了手，阿昌趁机出来，在灶上为女人和孩子烧火做饭。

饭盛好了，女人一头扎进大碗里，昏天黑地地吃起来。阿昌转出门来，开始左邻右舍敲门去借钱。

阿昌为女人借钱的事像是风长了脚一样，不出半个时辰整个小村子里都传遍了。男人携了女人，女人挽着孩子，都像看稀罕似的涌到了阿昌的院子里来。阿昌手中攥着借到的少得可怜的纸钞回来了，跟在他身后的是村里的赤脚医生。医生进到屋子里，在小孩子身上前后摸索了一番，无奈地叹了一口气说："最多活不过三五天。"

屋里传出来喜棉歇斯底里的哀号。

阿昌跟着赤脚医生出门来，对着院子里的乡亲们，把头点得像是小鸡啄米，伸着手替喜棉借钱。人们暗暗地说，这阿昌不是真疯哩，他还知道讨女人欢喜。

三

大雨中，还没走到镇上，孩子就闭了眼睛。两个人脸上分不清泪水和雨水，默默地向回走。走过了村子，继续向山上走，一直走到了阿昌经常一个人去的山坡上。

"大妹子，你别难过了，这就回去吧。"他把所有借来的钱一股脑儿地揣进女人的口袋里，"这钱你带上，你一个人过日子，难处在后面哩。"

还不等女人反应过来，阿昌急急慌慌地跑下山了。

人们知道阿昌从镇上回来了，又好心地过来打听消息。

"什么？你把钱全都给了那个女人啦——"有人不相信似地问他。

“她孩子不是死了么？还要钱干什么呢？”有人不解地问他。

“阿昌啊阿昌，你真傻，一定是叫这个女人骗了。”有人幸灾乐祸地说。

“阿昌，你说说，我们的钱也不是大风刮来的，你可拿什么来偿还呢？”有人气急败坏地说。

不管人们说什么，阿昌只有一句话——她已经够可怜的了！

说到最后，全村子的人带着一腔对阿昌的嘲弄和讽笑离开了。可是第二天天刚麻麻亮，整个村子都听到阿昌家的门被人拍响了。

红着一双眼睛的阿昌开门一看，那女人抱着死去的孩子站在门外。她淌着两行泪说：“大哥，我叫喜棉，我想了一夜，我要跟你一块过日子，你不嫌弃我吧？”

“喜棉，我不是嫌弃你，你可能不知道，我是个有病的人，是个有污点、不干净的人，我是怕连累你呀。”阿昌将自己的身世以及变故都和喜棉说了个清清楚楚。

喜棉坚定地说：“大哥，那都是别人冤枉你，我相信你是好人，是死是活我都跟着你。”

阿昌和喜棉结成了夫妻。他们没有婚礼，他们共同做的第一件事便是上山去埋孩子。他们选定了那个向阳的阿昌经常去的山坡，并相约在他们百年之后也要葬在这里。

四

喜棉的到来，让阿昌如同变了一个人。

自从得病这些年，阿昌只在村子里转来转去，再也没有下地干活，依靠着邻居们的周济过着艰难的日子。现在不一样了，他成家了，有人要他养了。于是每天全村起得最早的人是他，到地里耕种时间最长的是他，田里庄稼长得最好的是他的。中间间隔了这么多年，他又开始变成村里大姑娘小媳妇口中的热门话题了。

若说阿昌的生活还有什么遗憾的话，那便是他的年龄有些大了，一直和喜棉没有生育。不过他的家里从来不缺少小孩子的，喜棉也十分稀罕小孩儿，他们有什么好吃好玩的，都给我们留着，我们最愿意到阿昌家里去玩耍，得意地看他俩笑眯眯地望着我们出神。

在我十岁那年，有一天中午从村学放学回家，走在街上就看见喜棉锁好家门，挽着盛饭的篮子往地里走。喜棉本来身材娇小，篮子里一定装了好多阿昌喜欢吃的饭食，压得她走起路来一颤一颤的。我远远在喊："六奶奶，到地里给六爷爷送饭啊——"

喜棉停下脚，从篮子里捏出一粒腌鸭掌来给我，不急不忙地说："你六爷爷种地好辛苦啊，我哪里舍得饿着他。"

喜棉继续沿着小路向田里走去，远远地看到阿昌矗立在田里伟岸的身影，像一棵参天大树，令她顿生安全可依之感。她正待从心里呼唤他到地畔来，猛然间天地像是倾斜了一般，她不相信自己的眼睛，田里的阿昌毫无征兆地轰然倒了下去。她甚至感到脚下的土地有了轻微的震撼，这惊心的颤动证明眼前发生的一切都是真的！

篮子从腕上跌到地下，脆生生的鸭掌就像复活了一般，一只只从篮子里蹦出来。黄澄澄的米汤汩汩淌着。喜棉张牙舞爪地向着阿昌跑过去，像个哑巴那样“哇哇”乱叫。在油绿的禾苗间，她跌倒了爬起来，没两步再跌倒，最后她几乎是爬到了阿昌的身边。

五

全村没有一个人能想到，身材矮小的喜棉如何能背起山一样的阿昌回到村子里。当人们在村街上看到他俩时，喜棉已是披头散发，泪在脸上和成了泥。她的两只膝盖淌着鲜血，眼珠子努突出来，瞪得又红又圆，牙齿都咬出了血，脚下亦步亦趋，说不定哪一步就会因为体力不支而猝然倒下。

两天后阿昌总算醒过来了，他得救了！这两日喜棉衣不解带、眼睛不眨地守护在他的身边。她已经不能失去他，她禁不起再有这样的打击了。

好在没有什么实病，他的昏倒和清醒，医生也查不出子丑寅卯。只是遵照医嘱，阿昌要多多休息，慢慢恢复。为了好好地补养阿昌的身体，喜棉偷偷地到山里去采一种滋补的草药。那一天都到了掌灯时分，阿昌还听不到喜棉回家的声响，他不放心地从炕上起来，到村里来打听喜棉的消息。

终于有人说："喜棉背着篓子到山里挖药去了,你不知道？"

阿昌哪里知道？他顾不上回家,穿着单衣急急地往山里跑。整整一个晚上，寂静的山村里听到的都是阿昌漫山遍野的呼唤："喜——棉——喜——棉——"

到最后阿昌已经是声泪俱下。村子里的人再也睡不着了，他们的心都被阿昌喊疼了,好多年,他们的心都没有这样疼过了。这一次他们纷纷起身，分成好多小组，举着火把，向更深的山里走去。

第二日凌晨，浑身发抖的阿昌在一处断崖下发现了血肉模糊的喜棉。喜棉看到阿昌向她伸出手来，这才松开咬出鲜血的嘴唇，一歪头昏死过去。

喜棉醒来的第一句话便是："我知道你一定会来找我，我不能让自己睡过去，我还舍不得你。"

喜棉常常对阿昌说："我欠你一条命，没有你我早就死了。"

阿昌望着喜棉说："是我欠你一条命，我是死过一次的人了，你来了，救活了我。"

他们就这样相依为命地活着，闲下来的时候，两个人手挽手地上山去，到那个向阳的坡上去看看孩子，也去看看他们相约合葬的地方。

六

我和几个伙伴考入衢州城读书的时候，阿昌和喜棉特意把我们都叫到他的家里去，张罗了一桌好饭。几杯酒下肚，阿昌便回到了他青春绚烂的年少时光。他想起甬路两旁红红的枫树，说到了湖水边拂堤的杨柳，最让他难忘的是校园里早春的樱花。他对我们说，樱花含苞时是深红色的，徐徐绽放，颜色便渐淡渐淡，浅绛的樱花是盛开，近乎白色的樱花是将要残谢了。他站起来为我们描绘樱花凋落的情景，他啧啧舌说，云蒸霞蔚，如雪纷飞。

阿昌的两只手在空中转着，仿佛能变出漫天的樱花。他高高地仰着脸，可我们看到的是他滚落到耳根的泪珠。

到了县城读书，我们才知道，阿昌原来就读的中学早就荒废了。我们的校园里既没有波光潋滟的湖水，更没有缤纷如雪的樱花。我们只有压在头上的作业和无休止的课外劳动，最短也要一个月才能回家一次。为了节省路费，我们几个差不多都是寒暑假才回去。与阿昌见面少了，他和喜棉的消息也越来越少了。

当我高考结束回到村里，才得知喜棉刚刚死去的消息。我扔下铺盖径直奔到阿昌家里去，见他孤零零一个人坐在屋门槛上，好像在等着喜棉回家来。

我劝慰说："六爷爷，你别难受啊。"

哪知这一句话引得他号啕起来。那一刻我发现，世界上最让人无法抵挡的原来是男人痛彻心扉的哭声。

他哭诉说：“都怨我啊，都怨我啊。”

“你救过六奶奶的命，她不会埋怨你的。”我紧紧握住阿昌的手。

“真的怨我啊，那个江湖医生，我心里是不信他的，我为什么还要告诉喜棉啊，我为什么还要和喜棉一起去看新鲜啊？一个游走的郎中，几包野药，怎么可能会让她怀上孩子？可是喜棉她真的相信啊，她太想为我生个孩子啦！她瞒着我又去偷偷找人家，偷偷买了药回来，背着我吃下去。不承想这几包野药就夺走了她的命啊！都怨我啊，我对不起喜棉啊——”阿昌道出的原委，叫我吃了一惊。喜棉的死多么可惜啊！如果她没有生死以之地爱阿昌，如果她不是拼了性命地想为阿昌生个孩子，那她就不会死，阿昌也不会像现在这样失魂落魄。

阿昌又回到了从前的日子，只是他不在村里转来转去了。他一天到晚都坐在葬着喜棉和孩子的山坡上，开始对着空气，说一些别人听不懂的话。

七

外出谋生的时候，我去向阿昌告别。他泪眼迷茫地看我，什么话也不说了。我很为他的状态担心。因为我知道，阿昌早在喜棉死了之后不久，他就为自己在喜棉身边刨好了葬穴，早早地把自己的名字刻在了喜棉的墓碑上。

果然第一次过年回来，阿昌已经如愿地长眠在了喜棉和孩子的身旁。我去到那个山坡祭奠他，才第一次在墓碑上看到他的全名——何荣昌。墓碑上的字是他亲手刻的，厚重淳朴的魏碑。我感觉，那一笔一画如同是他的目光。

今年再次回到故乡，我已在外面的世界里漂泊了十年，也已成家，有了自己的妻儿。可我到家的第一件事，便是要去山上为阿昌和喜棉上一炷香。妻子早就听我讲过他们的爱情故事，坚持与我同行。我带上锄头和红漆，沿着荆棘丛生的山路，一路牵着妻子的手，向那个山坡爬去。

黄昏时分，我们来到了阿昌香火冷清的茔地。因为没有后人清整，两座坟丘上已是荒草遍布，杂木林立。我和妻子蹲下身来，一点点清理着坟头上的野草。我发现在阿昌和喜棉的坟墓两侧，长出了两棵隔丘相望的苦楝树。树生长的姿态，仿佛是深情相望的两个人，你向我伸出双手，我向你张开双臂，枝干伸向枝干，叶片呼唤叶片，盼望着有朝一日紧紧拥抱在一起。我猜想，这就是生死不离的阿昌和喜棉吧。

细细清理了杂草之后，墓地全貌露了出来。一大一小两块墓碑并排矗立，若是陌生人经过，不用细究也可一眼看出这两块墓碑上写满了不忍卒读的人生故事。

寒来暑往，春露秋霜，时光从来也不会为一段感天动地的爱情停留。我很庆幸见证了这段深埋于地下的故事，相濡以沫，鹣鲽情深，不惧地老天荒。

妻子正在专心致志地为墓碑描红。那两个并排着的红艳艳的名字，就像装扮一对新郎新娘。

我转过头来从坡上向远处眺望,山坳里阡陌交错,屋舍俨然,田畈整齐，平畴如画。一抹夕阳，穿越寂静的山谷，斜照着安逸的村庄，溪水，炊烟，乌瓦，白墙，恍若魏晋时光。

第 14 章

不相忘，永相望

No Forgetting Each Other, do Remember Us Forever

我坐在普救寺西厢小院里
等着月亮升起
晚风拂过
塔铃一一岑寂
转眼看到缸莲下游弋的小鱼
深深浅浅，忽东忽西
好生羡慕它
七秒钟是一个记忆周期
它可以奋不顾身地爱上一个人
然后干干净净地忘记
暮鸦声中
香客们正踽踽离去
我猜不出这虔诚的背影
哪一个不是痴男怨女
寺门之外
依旧有受不尽的离别的折磨
直教人坐穿相思的牢底

——《除了你，世界与我无关》

一

火车一路向北，昼夜不停，窗外的风物愈加荒凉了。

母亲端坐在我的对面，目光越过空旷的原野，望向遥不可知的远处。这一路上，她始终都是这样一副神情，与我鲜有交谈。我一点儿也不晓得她此行的目的，我不时偷偷望着出神的她，希望从她的表情中觅得零星的线索。

上个月母亲的体检报告单一出来，我便呆怔在医院的走廊里。母亲很敏锐地从我的脸上捕捉到了结果，她随我回到家，先是不声不响地把饭做好，待我们吃过又收拾完餐桌，这才伸出手来。她平静地看着我说："小正，给我。"

母亲大学学医，一辈子留校工作，虽说后来被爸爸强行调离了业务一线，可那些"疑似""占位"等医学词语自然瞒不过她。她低头看了又看，仔细确认之后才小声嘟哝一句："报应来了。"

报应！我听得心头一颤。是因为她不爱爸爸吗？他们两个人是政治婚姻，在组织的关照下建立起革命家庭。爸爸年龄大，职位高，是一位行事武断、刚愎自用的领导，而母亲这么多年在他面前唯命是从，像是个俯首帖耳的下属，是个睡在身边的专业护工。即使是两个人年纪老了之后，母亲的地位也不见提升，爸爸每有不满意，都会甩出一句："郝亚卿，别忘了是谁把你留在了城市里的！"

有这一句断喝，刚才还在有所计较的母亲，立刻偃旗息鼓、乖乖投降了。我知道，那应该是母亲致命的软肋。而爸爸正是那个喜欢往她软肋上插刀子的人，让她一辈子生活得羞辱不堪、鲜血淋淋，她怎么可能会爱上他?

三年前爸爸去世之后，我接母亲过来同住。母亲将孩子送到幼儿园之后，便张罗着去菜市场买菜，回来做饭，从早到晚，忙碌而充实。我原以为母亲会有一段孤独寂寞的日子，出乎我的预料，她非但没有，偶尔我还会听到她在翻动锅铲的时候，嘴里不自觉地哼着小曲儿。等孩子上学了，她果断地向我们提出来，自己回到老房子里去住，原因也令我意想不到，竟然是她早就心想着附近的老年大学合唱班了。

二

看着车窗中映出的母亲黑白相间的头发，我真是既可怜她，又忽然觉得爸爸其实也同样可怜。

母亲的老年大学上得顺风顺水。刚入合唱班，她便以姣好的容貌、颀长的身材和清亮的嗓音，为自己赢得了领唱的位置。

几次汇报演出下来，她的身边聚集了无数的追求者。有合唱班里丧偶的男同学，也有社会上离退的老干部，我听说其中还不乏市里的领导。但是母亲好像对此无动于衷，一心只想唱好她的歌。我猜想，可能是她原来的那段婚姻给她造成的阴影太重了，她始终没有走出来，还不敢进入下一段感情。

母亲的婚姻虽说表面上看是组织上撮合，实质上是她用爱情在感恩。当年她能从知青点上脱颖而出，进入工农兵大学推荐名单，已经是她足够幸运了。如果因为拒绝招生领导的求婚，再一次回到万劫不复的冰天雪地，她何尝不明白，这一辈子再也休想走出来了。入学前，她不得已只好与爸爸先行办理了登记手续，几年后又顺理成章地留校工作，在她梦寐以求的城市扎下了根。

从此，她那一段艰苦卓绝的知青生涯，像是一本故旧的书，被她埋压在记忆的箱底，包括她自己在内，从不允许别人触碰，更不愿意有人提起。我后来也接触过很多有关知青的书籍和电影，了解到了他们在艰难的环境中所遭受的身体和心灵的双重折磨。我便知道，母亲有此反应，完全是因为她想痛痛快快地斩断那些噩梦一般的经历。

可是母亲在得知自己罹患绝症后的第一个念头，竟然是要我陪她回到当年的知青兵团。难道是她要找回自己当年生命的痕迹？还是要找到什么人？去料理什么事？来弥补自己生命最后的缺憾？

我悄悄从侧面望着母亲，蓦然记起了她躲在家中为自己排演过的一小段儿演唱。

三

此时，随着火车的颠簸，我隐隐地听到母亲的嘴里正在无意识地哼唱着。她的嘴唇轻轻翕动，目光中有了掩饰不住的深情。

月亮挂在天上，
水仙花正开放，
抬起温柔的脸儿，
向月光啊吐露芳香。
啊，弯弯的月亮，
美丽的月亮，
我只为你诉说衷肠。
我的哥哥呀，
你是我心中的爱，
我的心儿呀，
深深地怀念你，
为你歌唱。
啊，心中的热恋，
燃烧的火焰，
我的真情没有改变。
…………

趁着母亲心情不错，我为她削好了一个苹果，递到她的手上，又装作毫不在意地说："这歌儿可真好听，你教教我唱吧。"

母亲在听清我的话时，第一反应是细小的歌声戛然而止了，仿佛是被人窥见了心中的秘密。母亲常有登台演出的机会，她是不会无端紧张的。

她的脸上掠过了一丝少女才有的羞涩，她连啃了两口苹果，尽管极力掩藏着，可我还是发现了。

我不言语，等着母亲接下来的反应。母亲低头嚼着苹果，似是在做一个痛苦的决定。她缓缓抬起了头，目光没有了躲闪，她说："好听的歌多着呢，等到了我们兵团，让你听个够。"

"现在，我就想听你唱的这一首，想跟你学。"我也盯着母亲，不逃避。

母亲妥协了，她示意我找来纸笔，一声不响地开始写下歌词。火车每一晃动，她都要停下来，刻意地等着晃动过去，仿佛不这样不足以显示她对这首歌怀着万分恭敬的心。

四

我没有想到，这首歌的背后还有着一段令人惋叹的故事。母亲说："故事的主人公不是别人，你应该叫他舅舅。"

母亲把写好的歌词递到我的手上，又说："你这位舅舅年轻时多才多艺，在学校里就是文艺骨干，会写词，能谱曲，还拉的一手动听的手风琴。"

我漫不经心地看着歌词，感觉有点儿像是改革开放之初的音乐作品。我问："这词儿也是他写的？"

“没错，是他。模仿着俄罗斯民歌写的，旋律也很合拍。”母亲说完，便为我一句一句地唱起来了。

列车驶进了长长的隧道，车厢里的灯光暧昧不清，母亲的声音也恍若隔在了厚重的光阴后面，听起来无由地多了一层岁月的沧桑——

在我们兵团宣传队上，有一位能歌善舞的女孩儿，因为家庭出身不够好，是她自己主动脱离家庭报名上山下乡的，她想不到在她生活的城市之外，竟然会有如此恶劣的不毛之地。她后悔了，可她却无处诉说，因为她没有亲近的朋友。人们都有意识地躲开她，害怕受她的出身牵连。你们现在可能理解不了，出身真就那么重要吗？是的，那个年代出身是人们一辈子都撕不掉的标签，根红苗正，前途就会一片光明。如果是黑五类子女，那就预示着一生都要在黑暗中摸索，根本不知道未来是什么样子。虽然那女孩儿还算不上黑五类，可她在一群追求进步的青年人眼中，犹是人们避之唯恐不及的。也许是有共同的爱好吧，还有惺惺相惜的同情，你舅舅不顾众人的反对，坚决不疏远女孩儿，无论在劳动上，还是在节目排练中，都拿她平等相待。对于女孩儿来说，这已经是难能可贵的温暖了。

有了这一份温暖相依偎，女孩儿度过了初始最艰难的那一段儿生活。渐渐地，她发觉自己有点离不开他了，看不见了就想他，在一起了就不想离开。你舅舅成了那个女孩儿心灵上的依靠和寄托。她学着为他洗衣服，为他推头理发，为他织时兴的毛线围脖，把他写的歌变成动听的歌声。他们恋爱了，如同春天里的冰一滴滴化成水，又像大雪覆盖下的小草偷偷地发出嫩芽，两颗心越挨越近，最后紧紧地缠绕在了一起。

你舅舅是兵团里数一数二的人物，兵团领导们都爱听他的节目，他出身又好，刚来没多久就被兵团里确定为重点培养的对象。那个时候，你舅舅背着一架手风琴，经常穿梭在各个会战的现场，用他的歌声为知青们鼓劲加油。兵团的姑娘们满含艳羡的目光，聆听着他浑厚结实的男中音，追逐着他风度翩翩的身影，你舅舅那时绝对是好多姑娘们心目中的白马王子，可是你舅舅却痴心只爱着那女孩儿一个人。有些人同你舅舅开玩笑说："程思清，你不会是想玩玩拉倒吧？你的条件这么好，你早晚会离开兵团的。"

母亲说出"程思清"这个名字，恰好隧道里灯光一闪，我看到她的眉毛微微一颤。

五

随即车内又陷入了刚才的氛围之中。母亲的讲述如同蒙太奇的镜头一般，在现实和故事之间切换得天衣无缝。

女孩儿应该是听信了人们的传言，开始有意地疏离你舅舅，又把自己封闭回原来的危巢之中。你舅舅也明白女孩儿的心思，他并不急于表白，还是一成不变地对待她。家里寄来的白糖，他分一多半送给她。他知道女孩儿爱读书，每次他有机会去到兵团总部，也总想着为她多借几本书。他还会偷偷地为她写歌，约她出来，一同走到河边，坐在月光里，伴着琴声，一句一句地教她唱。

夜深了，该回营房了。她啜泣起来，犹豫地说：“思清哥，我们宿舍的秀文可能要疯了，眼睛直直的，嘴里说胡话，看她真是太可怜了。”

他回头看着她，不解地问：“是太累了吗？我听说三连七连，都有不少累傻了的姑娘。”

“不是，是她被人甩了，她朋友在他的知青点上又交了新朋友，来信说一刀两断。”她一边说着一边看他。

他哀叹一声，半天没有说话。她的心里如同有十五面小鼓儿在敲，乱七八糟的，好像他下一句就会说出一刀两断的话来。他有意等她走近自己，狠狠将她揽进了自己宽大的怀里，他发誓似地说：“咱和他们不一样，你放心，咱们不会分开的。”

他的话给她吃了一颗定心丸儿。夜里失眠时，她就会想，即便是回不去城市，在这里遇到他，一生有他陪在身边，这也是老天爷对她最大的恩赐了吧。

好多战友都在广阔天地里走到了一起，把根扎进了这一片蛮荒之地。你舅舅和那位女孩儿也在筹备着婚嫁，恰在此时，中央下发了有关知识青年返城的文件，他们的命运迎来了意想不到的转机，同时他们的爱情也迎来了一次前所未有的严峻考验。

尤其对于女孩儿来说，在这份感情里，她始终是那个需要保护的弱者。

六

母亲不由地加重了语气。她说：“果然，你舅舅率先拿到了兵团开具的大学入学证明。”

听了母亲这句话，坐在对面的我都能想象得出，那位准备结婚的女孩儿心中的担心和失落。在那个年代，说她陷入了绝望，也毫不过分。因为即使是结了婚，甚至生儿育女，被返城者无情抛弃的爱人和家庭亦不在少数，整个兵团里每天都在上演着妻离子散的悲剧。

女孩儿也想到了自己的下场，她主动找到你舅舅的宿舍里来提出了分手。与其给他套上道德的枷锁，让他灵魂遭受煎熬，还不如给他一个台阶，放他一条生路。你舅舅望着女孩儿眼含热泪、依依不舍地离去，他在心中做出了一个令所有人感到匪夷所思的决定。他要去找兵团领导，动用这些年与他们的交情，说服他们把这个读大学的指标转让给他的未婚妻，然后他再想其他办法返城。

他成功了，并命令式地说服了那个女孩儿接受他的这一番好意。他在整个兵团里一夜之间名声大噪，成了为爱付出一切的典型。可是没过多久，他还沉浸在人们的一片赞扬声中，便收到了那个女孩儿从大学里写来的信，信很短，她已有了自己的意中人。

“啊！”听到这里，我不由得惊叹一声。为这个故事有了惊天的逆转，也为了舅舅付出真情却落得这样一个结局。我问：“那以后呢？”

母亲平静地说：“以后的情况，你想也想得出来。你舅舅他莫名其妙地成了整个兵团里最大的笑话，走到哪里，都会遇到人们恶意地嘲讽，人们会远远地冲他吆喝，给我们唱一段儿吧，唱一段儿情郎哥情郎妹的故事。”

“那这些年舅舅一直留在了兵团里，始终没离开吗？”我追问。

母亲若有所思地说：“没多久我也返城了，再以后的事我就不知道了。”

列车长鸣一声，驶出了幽深的隧道。我的眼前豁然开朗，蓝天白云，挺拔的桦树林，近处草甸上成片成片的清澈的水泡子，美得像是童话里一般。母亲疲惫地靠在车窗上，贪婪地望着阔别数十年的风景。从她不忍眨眼、生怕错过的神色里，我感觉兵团差不多快要到了。

七

天蓝得跟水洗过一样，云白得像棉花糖，倒映在如镜的水泡子里，让人分不清天和地。我不由地赞叹着，对着母亲一连串地感慨：“真是太美了！你们到这里来，纯天然，无污染，革命英雄主义加革命浪漫主义的完美结合。”

母亲苦涩地笑笑：“你就跟我当初一样天真。给你来上一场大雨或是暴风雪，你才会知道这里的真面目。”

“雨过天晴看彩虹。”我故意逗母亲高兴。

母亲有些言过其实地说：“看彩虹，看彩虹，我们当年有个叫秀文的姐妹就是跑出来看彩虹，被水泡子吞了，死得好惨啊。”

我想起母亲提到过的秀文，那个被朋友抛弃而变得精神不正常的姑娘。她是把青春和生命都交付给这一片陌生的土地了。我又想到了舅舅，我问："这一次到兵团来，我们会见到舅舅吗？"

母亲像是没有听见我的疑问，把脸扭向另外一边，直到火车进站都是一言不发。我也知趣，不再问这问那，只管跟着她向兵团总部走去。兵团总部还是旧址，不过牌子已经换了，换成了"中国北方粮食油脂总公司"，成了当地闻名的国企。母亲在办公室说明来意，又到人事科去查阅五连这些年的人事调动记录，然而她一无所获。

管档案的小姑娘比我还年轻，她更不晓得那些陈年往事。不过她提醒母亲，如果这里没有调动记载，也许说明你要找的人这些年还留在五连，你可以再到五连去。

母亲的表情极其复杂，对于即将到来的相见，说不上是高兴还是沮丧，是欢喜还是害怕。她好像担心小姑娘会追问下去，便慌忙退身出来，扯着我便走。

八

可是一到五连，母亲便病倒了，鼻塞、头痛、高烧、咳嗽。仿佛这一路的颠簸辛苦，她都是用一股精神力量支撑着，就算拼死她也要走完这一次的旅程，现在终于到达目的地了，那根弦儿一松，人也抗不住了。人一旦被癌细胞侵蚀，身体的免疫力就会降低，每患一次感冒，都会对癌症的发展起到推波助澜的作用。我明白，母亲现在急需休息，最快时间用上抗感染药，尽量不让感冒长时间发作，对她的身体影响越小越好。

我连忙退掉招待所，将母亲送进了医院。楼上楼下，一番折腾，X光显示，肺部轻微感染，需要住院。等我办完住院手续，安排母亲吊上液体，窗外的连部小城已是华灯初上了。

母亲的身边有护士守着，她便催促我到外面去简单吃点晚饭。从中午饿到现在，我的肚子开始咕咕叫了。

从医院往东没走多远，是连部的小广场。广场上零散地坐着饭后乘凉的老人，也有几个小孩子在学轮滑，左右腾挪，来回穿梭。还没等我看清楚，就有一个孩子撞到了人，自己摔倒在地，大声哭了起来。

然后便传来了孩子的爷爷大声呵斥别人的声音："疯子，眼瞎啦！不看道儿啊！"

我循声走过去，便见到了一位身穿知青绿的老人，在薄薄的暮霭中，我看到他满脸委屈地站在那里，每一条皱纹都堆满了对地上哭闹孩子的歉意。他的嘴唇抖抖地说："别哭了，我给你唱歌吧。"

孩子的爷爷不领情，紧着扶起孩子来走了。可是他却执意给孩子赔罪，认真站在原地一丝不苟地唱着：

我的心病一大块，
千吹万吹吹不开。
无奈何只好请个医生来，
无奈何只好请个医生来，
医生医生快诊脉，

把我的病情说出来。

它不是病来也不是灾，

是我的情郎哥留下的爱。

他巡回反复地唱着，根本没有停下来的意思，也彻底忘记了刚才发生的事，仿佛这个小广场是他一个人的舞台。我听清了他的唱词，才确信他的精神真的出了问题。如果仅仅看他的人，除了眼睛里闪烁着与他年龄毫不相称的青春光彩外，其他地方没有任何患病的痕迹。旁边的老人们听着他的歌声感叹说，都是年轻时的一片痴心啊！

九

母亲还没有痊愈，就不听我的劝告，执意要出院了。医生也阻拦不了，只好开了几天随身服用的药。

待到母亲从五连的故纸堆里刨出“程思清”这个名字时，我才明白她此行的目的就是来看望我的这位从未谋面的舅舅。可是在“程思清”的名字后面，一行行写着的，都是他患病看病、越来越重直至精神分裂的信息。看看日期，都是从他接到那个女孩儿的断交信开始。一个人无论有着多么辉煌的学生时代，多么耀眼的青春时代，多么令人羡慕的才华，多么忠贞不渝的爱情，一旦精神出了问题，那么他的人生从此只能概括为简单的两个字——疯子。

母亲的泪水滴滴答答地落在纸上，那墨迹却因历经年代太久，丝毫不为所动。

我忙上前劝慰母亲，要她保重身体要紧，毕竟自己还在病中。可是母亲哭得更悲恸了，在肝肠寸断的呜咽里，我听到了母亲来自灵魂的忏悔——是我害了你呀！我该死呀！

母亲嘴里喊叫的“该死”，是她拿到诊断书时所说的报应吗？

接下来的两天，母亲疯了似的在广袤的田野里寻找着舅舅的身影。可是没有人知道他的行踪。这些年，舅舅都是一个人独来独往，过着野人一般离群索居的生活。哪怕在病情发作的时候，他也从来不相信任何一个人。

母亲走得实在太累了，和我并排坐在地平线上，望着山丘下面如海的稻浪。母亲没有看我，又像是在对我说，她的表情坦诚而又放松，好像说完这段话，她背了一生的十字架就能放下了。她说：“我就是那个忘恩负义的女孩儿，我知道他就得为我的无情疯掉，可是这么多年，在我的梦里，他还会为我唱歌，唱完就腼腆地笑着看我。”母亲的泪水溢出了眼眶，“这些年他受了多少苦，都没有死掉，一定在是等着我，要我一个回答。我也一定要找到他，哪怕我会死在这里。找到了他，我要陪着他去医院看他的病，趁我还能动，我要精心伺候他，为他再洗洗衣服理理发，为他再织一条毛线围脖。等我死了，补发的工资和我的遗产就留给他做治疗费吧。”

最初母亲决定放弃治疗，我还以为是她作为医生看透了癌症治疗的无效性。现在我懂得了，她是想把这笔钱留给她一生都魂牵梦萦的人。

无意之中，我同母亲讲到了广场上那位一身知青绿的老人，讲到了他的模样，还有他反复唱的那首歌。母亲一脸惊讶，随即流着泪自责说：“对呀，我怎么忘了他还会唱歌？”

圆月当空，晚风吹动了粼粼波光。母亲一个人去到河边，伴着淙淙的流水，开始了她今生最铭心刻骨的演唱——

失去了心爱的人儿，梦中常相伴。
苦海相思流水无情，长夜孤零零。
过去了永别了，欢乐消失了，
留下心酸痛苦的回忆，不能长相依。
我的哥哥啊，你是我永恒的爱。
你的眼睛呀，像满天星光一样明亮。
啊过去的时光，青春的年华，
我只为你欢乐忧伤，
欢乐忧伤。
…………

我远远地望着她，耳边隐约传来了手风琴的伴奏声响，月光下，微风中，琴声是那么委婉悠长。

第 15 章

你微笑着，沉默不语

You Smiled and Talked to Me of Nothing

亲爱的，你知道吗
昨夜有狮子座流星雨
黎明时分
在西南天际
像盛放后跌落的烟花
像有情人纷纭的泪滴
我许了一个小小的心愿
只想偷偷告诉你
如果生有来世
愿我们还相遇
同窗共砚
一令宣
一管笔
你写比翼
我画连理
日日得团聚

——《除了你，世界与我无关》

一

故事的开始，其浪漫程度远胜于韩剧中的人造桥段。尽管这个开始也起源于一个脑洞大开的人为因素。

田甜喜欢泰戈尔的诗。那是个没课的周三下午，她正走在去图书馆还书的路上。忽然脑际就闪现出一个小小的火花。如果她没能及时捕捉到，也便没有了后来的故事发生。只是处在情窦初开年龄的她，在那个电光石火的刹那之间敏感地俘获了那个火花。她为此而激动，心跳加速，脸颊臊红，她低着头沿着卵石小路拐进了枫树林里，从手包里掏出浅粉色的便笺纸来，翻开《飞鸟集》的第一百七十八页，抄下来最喜欢的那句诗："你对我微笑着，沉默不语。而我觉得，为了这个，我已等待许久。"然后她合上书，沉思片刻，在诗的下面接着写道："你也喜欢泰戈尔的诗吗？"她目不转睛地看着纸上的字，默默地读了几遍，才小心翼翼地将它夹在了书的中间。

好忐忑的一周啊！整整一周时间田甜都没敢去书库借书，

她担心自己的小把戏被人看穿。可是那个长长的难记的索书号以及书的位置，她都记得滚瓜烂熟，了然于心，就算是闭着眼也能走过去，将书稳稳地取出来。

终于按捺不住，田甜就像几次梦里梦到的一样，鬼使神差地走进了图书馆。从左数第五个书柜第三排第五十六本，她径直走了过去，却感觉背后像是长了无数双眼睛。她尽力调整着急促的呼吸，不让自己露出异样。书，取出来了。她甚至都感觉到了夹在书中的那张便笺还在。她紧张地闭上了眼睛，不敢猜测会不会有人回答她的问题。

慌乱之中，她将便笺纸对折，准备装进兜里，仓皇撤退。可她还是忍不住，眼睛眯开了一条小缝儿。一瞬间，热血冲顶。她看到便笺上果然多出了一行字：喜欢啊！十三开头靠窗淡蓝色封皮二百零九页。

哦，这显然是一句暗语，指引着下一段的探索之旅。田甜的好奇心被勾了上来，可她不敢扭头，眼光却从自己的肩膀上偷偷回望。那个写下这句话的人会不会像个猎人那样机警地环伺一旁？田甜如同逃避一场追捕，一溜小跑儿地出了图书馆。

二

一夜多梦连环，田甜总是绕不出那个简短的提示信息。它像是一道灵符似的控制了她。第二天，她再一次神不知鬼不觉地走进了书库，并直接向着十三打头的书架走去。

十三打头的书架共有九排，其中靠近窗子的有四排。书的封面是淡蓝色，应该在书架上比较显眼。田甜从最后一排找起来，从最低的一排书向着高处，一会儿俯身，一会儿踮脚，手指像一阵清风抚过，每一本书都不肯轻易放过。

一个时辰过去了，两个时辰过去了……这会是某个促狭鬼的恶作剧吗？就在田甜感到精疲力竭的时候，在最前面一排书架最上层的最里面，她像是被划过夜空的彗星击中，那本淡蓝色封皮的书静静地竖在书丛中，仿佛早就立在那里等着她。田甜如获至宝，一个箭步冲上前去，几乎是将书抢在了手中。索书号 1327/7413，她迫不及待地翻开了第二百零九页："我多么希望，有一个门口。早晨，阳光照在草上。我们站着，扶着自己的门窗。门很低，但太阳是明亮的。草在结它的种子，风在摇它的叶子。我们站着，不说话，就十分美好。"里面也有一张纸条："这是我最喜欢的诗，你喜欢吗？"

这是顾城的诗，田甜当然喜欢。看来对方的口味真的和自己相同，这真的是一段难得的缘分。对方会是一个什么样的人呢？看对方写下的字，田甜几乎可以断定是个男生。可也仅仅只能得出这样的判断，其他的也是一概不知了。

接下来，田甜又用这种连环寻宝似的游戏方式，为对方推荐了舒婷、希姆博尔斯卡和米斯特拉尔，而对方也为她推荐了莱蒙托夫和海子，还有钟诚。她不知道钟诚是谁，从没听说过这个人，他的诗是对方手抄的，可是她凭她多年读诗的第一感，还是深深喜欢上了这个落拓不羁的青年诗人。

她最喜欢的是那首《美眷》：

她从不化妆，
皱纹与斑点是一种坦然，
她有闲置多年的裙子，
也有始终放不下的花草。
她从不斟词酌句，
从不将蜂蜜涂在唇上，
她说晚安的表情像婴儿，
她喊我起床的语气是母亲，
她敞开晨窗的姿态，
可以熄灭所有的黑与愁。

其实这就是田甜向往的婚姻生活。对方为什么要为她抄录这首诗呢？这个坏蛋，一定是猜透了我的心思。

三

如此往复了两个月，田甜的胃口被吊得足足的。她真的佩服对方会有那么大的耐心，连她这个游戏的发起者也决定终止这个游戏了。风中开始满含秋意了，如果再收不到对方相见的邀请，她就要主动出击了。天气再冷下去，她最中意的连衣裙就不能穿了。田甜暗想，我可不想穿着臃肿的棉服去和钟情的人见面，两个人都像是笨拙的布偶，那多么令人沮丧。

仿佛是心有灵犀，就在那个周三，田甜在波德里亚的书中得到了她想要的结果：朋友，见个面吧，本周五下午六点钟，图书馆后面的小花园。

如此漫长的两天，在田甜心中仿佛是两个世纪。为了搭配自己的连衣裙，她专门去饰品店挑选了一对精美的耳钉，又将自己的鞋和包从床下倾巢而出，一一试穿，最后还要着急忙慌地上街去做头发。喜欢诗又怎么样？文艺范儿又怎么样？有内涵又怎么样？是女神又怎么样？遇到自己心中的白马王子，还不是重又做回了乖巧的小女人。

田甜竟然早到了半个小时，这可不像一个初次见面需要矜持的女孩儿。她躲在一棵树的后面，偷偷观察小花园里的人。荷花池边那位埋头一心只读圣贤书、戴着黑框眼镜的男生，头都没偏一下，肯定不是他；小亭里牵着手互诉衷肠你侬我侬的情侣，肯定也不是；小路旁摆放着一张书桌，桌上摆着《中国革命史》《高数数学辅导》《新编考研英语》等正在卖书的学长，耷拉着脑袋无精打采的样子，绝对不是他……田甜渐渐失去了兴致，塞上耳机听起了英文歌。不经意间，她抬头一瞥，一个似曾相识的男生笑吟吟朝她走来。

在第一时间，田甜想到的还是泰戈尔的那句诗，此情此景，是如此的贴合：“你对我微笑着，沉默不语。而我觉得，为了这个，我已等待许久。”

四

“申沉——”田甜几乎就要脱口而出。这个似曾相识的申沉，恰恰是田甜鼓足勇气才在心中暗恋上的一个人。

那是田甜大二上半学期时的一次文学社聚会。为了评述新社员的诗稿，文学社专门邀请了诗社的社长来做点评，自然田甜的诗稿也在其中。社长的讲评很深奥，他发言中提到的词汇及信息令田甜应接不暇。田甜只好停下了记录，任思绪漫天纷飞。是一片热烈的掌声，把田甜又拽回到教室里来。原来在接下来的即兴表演中，他将和另一位女同学共同为大家表演一段《简·爱》中的精彩对白。

音乐响起来了，那情景让田甜恍若置身于罗切斯特先生的桑菲尔德庄园。他的嗓音极其动听，浑厚、大气，富有感染力。田甜目不转睛地盯着他那冷峻的额头，在田甜想来，正是那无人能及的冷峻，足以表明了罗切斯特先生的灵魂已附着在了他的身上。

田甜的心里泛起一阵阵涟漪，她蓦然发现，自己无可救药地动了情思。那次聚会，她别无所获，只是死死地记住了一个人的名字：申沉。那次之后，田甜从一个尝试着写诗的冲动女生，转变成了嗜诗如命的女学者。她开始留意一切与诗相关的东西，再难读的诗评诗作她都能啃得津津有味。而她所付出的千辛万苦，完全就是为了再有机会与他相见时，做一个能听懂他的人。

她和申沉分属于不同的学院，两院之间步行也有十分钟的距离。偶尔在大门口碰面，她都要偷偷地多扫看几眼，而他自然是不认识她。可是今天，他正在一步步向自己走来。田甜等在那里，心如撞鹿。

申沉也在第一时间看到了树下一袭粉色衣裙的女孩儿，在他的眼中，她美得如同天使。他径直走上前去，大大方方地伸出手，还是迷人地微笑着说：“只有喜欢诗的女孩儿才会这么美。”

田甜没想到他开口第一句便是恰到好处的赞扬，一时不知如何作答。她含羞而笑，波光流转，眼角眉梢都深掩着满满的蜜意柔情。

五

诗人的眼神中充满了忧郁。最近，田甜在申沉的眼中也一样读到了忧郁。发生什么事了吗？每次约会回来，田甜总是不断地回忆起申沉那种欲说还休的眼神。她明白，在申沉没有决定向她开口之前，她不能问，问了也不会得到他的回答。

周末的时候，申沉突然约她周六去十渡游玩。这大大出乎了她的意料，不过，为了能排解申沉最近的心事，她还是爽快地答应了。她想，换个环境，没准他就肯跟她说了。即使是不说，如果乐一乐问题能自然消解也好啊。

十渡的溪水清澈无比，水底的鹅卵石浑圆可爱。田甜与申沉并肩坐在岸上，远处青山在望，近处游鱼可数。他们沐浴着凉爽的山风，两只手深情地交握着，不说话，只是相互依偎着。谁也不想打破这美好的气氛，仿佛这样保持下去便是天长地久的开始。

后来，他们去租了竹排。田甜和申沉并站在竹排的前沿，看竹排在深不及膝的水流中漫妙穿行。水面上不时泛起色白如雪的浪花，竹排刚刚驶过，那堆堆白雪便自行消融。田甜指给申沉看，申沉说："只有最干净的水才会溅起最洁白的浪花。"田甜是第一次听到有人这样解释，但她几乎在听到的同时就已经确信这个答案的正确性了。

申沉果然慢慢来了兴致，那一层遮在眼中的忧郁被风吹得不见了踪影。田甜更像是卸下了沉重的包袱，整个人连同笑声都轻盈了很多，如同山上翩然飞过的云。

"咱俩去蹦极吧。"申沉突然提议。搁不住申沉的怂恿，一向胆小本想拒绝的田甜最后还是笑着默许了。

田甜紧紧地闭着眼，由着申沉带着自己向高处攀去。当她听到耳畔有风的呼啸声，她知道自己已经来到了几十米高的起跳台。她听到申沉的声音被厚厚的风隔开很远，她一把死死地抓住了申沉的手，义无反顾地说："要跳，我就跟你一起跳。"

六

十渡之行回来，申沉悄无声息地失踪了。

当田甜意识到这是个问题的时候，申沉的手机已经全天候处于关机状态了。田甜想不通这其中的变故，她扮作申沉的老乡去他的学院里打听情况。结果令她大吃一惊：申沉休学回家了，病因是异常罕见的肾病。田甜不相信自己的眼睛，她用手机拍下了申沉的诊断证明，像个傻瓜似的一言不发地回到了宿舍里。

望着诊断证明书的日期，田甜回想起了申沉眼中出现的驱之不散的忧郁，她的眼泪无声地淌了下来。她就那样一动不动地坐着，窗外的天色渐渐黑了，对面的宿舍楼窗子一格一格的灯亮了。深陷黑暗中的她忽然明白了一件事情：申沉为什么直到最后都没有向她透露实情？原来他在得知自己的病情之后，就慢慢想通不会再连累她了，他放弃她的这个决定，只有她能像那根连心的手指，清楚他该有多么痛苦多么难以割舍。

第二天，田甜找到了为申沉做出诊断的那家医院，挂到了那位医生的专家号。看了田甜手机里的照片，看了田甜红肿的两只眼，医生心里也便明白了几分。他很真诚地说："除了换肾，别无他法。否则他只能再活一年。"

这句话不啻晴天霹雳，将田甜那颗脆弱的心击得粉碎。如果说昨天晚上她一夜未眠还能将心勉强弥合的话，这一次医生的权威定论又把她原有的裂痕撕开，再狠狠地碾成齑粉。就在她迷茫之际，医生又告诉她，申沉的家人最近会来医院进行配对检测，或许能找到匹配的肾源。

田甜仿佛洞见一丝光明，她回过身来恳请医生："我也能为他做配对检测吗？"

"你和他是什么关系？"医生随口问。

田甜迟疑片刻回答："我是他表妹。"

医生显然对表妹不抱多大希望。他说："还是先做他父母的配型检测吧。"

七

田甜藏在拥挤的人流后面，视线紧紧追随着戴毛线帽子的申沉。一个月没见，申沉整个人黑了瘦了，裹在厚重的棉服里，精神也委顿下去。田甜心疼如割，泪落如雨。但她拼命抵住这份痛苦，告诫自己不要冲动地出现在申沉面前。她知道，她要尊重申沉的选择，不能让他感到难堪。

每每等申沉和他父母离开了医院，她就会悄悄地去到楼上，从医生和护士那里探听关于配对检测结果的只言片语。从他父母的泪眼里，田甜判断出了一个个令人失望的结果，也都在申沉的医生那里得到了证实。他的近亲属们先后来了又走了，最后他和父母也万般无奈失望而归了。

田甜知道，她勇敢地站出来拯救申沉的时刻到了。在医生的安排之下，她背着申沉做了配对检测。冥冥之中，她感到只有自己才能救申沉，现在回想起来，申沉能在书中发现她的留言并回复她，一定是有天意的。

接下来的两周时间，她的忐忑远远超出了将纸条夹在书中的那个时期。如果在梦中她拿到了配型成功的证明，她就会在笑声中醒来。只是笑着笑着，又会瞬间泪崩。

医生的电话来了。她居然配对成功了！匹配率还高过了医生的预期。在茫茫人海中，找到一个匹配率如此完美的“表妹”，好像国内还没有先例。田甜也明白，这样的概率要比申沉从书中发现她的字条还要微乎其微。她真想大大地庆贺一番，可是医生嘱咐她，为了顺利实施捐赠，她从今天开始就要按医院的规定进行饮食了。

她要住院了，她告诉医生，不必让申沉知道捐赠肾脏的人是谁。医生纳闷地问："你不是他表妹吗？"

田甜舌头一吐："没有血缘关系的表妹。"

医生也震惊了，不是为她的高尚情操，而是为他们的配型成功。他感叹说："原来只有国外才有这样的奇缘，今天是我亲眼所见。"

八

田甜没有料到，自己的妈妈知道了事情的原委，第一个站出来强烈反对。她在电话里哭诉："你疯了吗？为了一个素不相识的同学捐赠一颗健康的肾可不是闹着玩的，肾脏捐出去你就没有了，这可不是随随便便就能在超市里买得着的呀。"听到妈妈在电话里痛哭失声，苦苦哀求她，田甜的心也软了。可她明白，如果自己退却了，申沉就只有死路一条。她忘不了毛线帽下面那张消瘦的脸，那可怜的眼神，还有他父母的泪眼。

她等妈妈不哭了，才哽咽着说："妈妈，你还记得爸爸是怎么走的吗？如果当年有人肯为爸爸捐髓，那么他现在还活着。"田甜提到最疼她亲她的爸爸，泪水一如当年。田甜十六岁那年，爸爸被诊断出了淋巴癌，唯一的治愈手段就是骨髓移植。但是爸爸很不幸，他没能等到合适的骨髓，遗憾去世。而这成了田甜和妈妈多年来压在心头的一座山。

在妈妈犹豫的时候，田甜不失时机地讲起了申沉的诗，讲起了她和申沉不多的交往，更讲起了她们像童话一样浪漫的缘分开端。最后妈妈妥协了，她能理解在申沉背后，肯定是一个面临崩溃的家庭。妈妈说：“我告几天假，赶去伺候你。”

其实田甜也害怕，毕竟要摘除一个内脏，这是她有生以来所经历的最大的手术。她撒娇似的说：“妈，我想吃你腌的酸豆角儿。一说嘴里就流酸水儿了。”稍稍停顿之后，她又深情地说：“妈，谢谢你。”

手术日到了。她侧耳听到载着申沉的转运床轰隆隆一路碾压过去，像极了出征的战车。她郑重地握紧拳头，为自己和申沉送行。

无影灯“唰”地在她的眼前亮起来了，她听到了刀剪摆放在盘子里产生的金属碰撞的冷冰冰的声音，她感觉到了主刀医生用手术钳柄刮她的脚心，善意地同她开着玩笑。

麻醉医生俯下身来问她：“你还能听见我说话吗？”

她还能听见，麻醉药似乎还没产生效果，她连忙点点头，生怕医生现在就动刀兵。

似乎只是相隔片刻，主刀医生又问：“没有血缘关系的表妹又怎么讲呢？”

这次她听不清楚了，只觉得头顶上的无影灯好亮好暖，像极了申沉从蹦极跳台上飞跃而下，和她相拥亲吻时明媚灿烂的笑容……

后　　记

——不畅销的作家在推荐畅销作家

冯　杰

起笔有点尴尬。

70后贾九峰是一位风头正健的青年作家，发表出版过100多万字文学作品，书中经典句子常被读者引用，据说还有疗效作用，被誉为“超会讲故事的‘痴情大叔’”。当下凡一说“痴情”，不分性别、领域，皆有不同魅力。

九峰是一位有魅力的作家。

让我推荐九峰的书，略显尴尬，我无市场号召力，且是位不畅销书作家。如何不畅销？我22岁那年自费印过一本诗集，谦虚地印了1000册，卖了30多年还没卖完。未饿死已属荣幸。

贾九峰已出版五六本书，其中一本销量达20万册。换成我的书的销售速度，20万册要在历史长河里长卖，时间需从西汉开始，唐宋元明清，中间还不能出现农民起义。

九峰不写农民起义，他的题材和社会同步而行，写世间感情，父爱母爱友情之爱，腕底无不美好温馨。他探索文源，追求文脉，跋涉文综，把文情和文字结合得很好。这想必是他作品动人魅力之一。

河南河北，一河之隔。我在豫州，君在冀州，豫冀相连。我处的地方古代有时划为冀州，有时划为豫州。贾九峰居住在冀州衡水，对于饮者而言，最熟悉不过是衡水老白干。衡水白干清香型，我喝过38度的，62度的，67度的。它特点有“闻着清香，入口甜香，饮后余香”三香。在中国数字文化里，由三到九，九是最大的数。三香联想到九峰。

作家写文字未尝不也是在造酒，造另一种酒。文字酿成的酒。

寄来日九峰身居燕赵大地，精诚制作，把自己的文字筛选，发酵，蒸馏，酿成文学的衡水老白干，发出自己独特的香，让更多人畅饮享受。然后，再去说文字的三香，到文学的三味。

2019年3月于郑州